무해한 어른의 독서

무해한 어른의 독서

초판 인쇄 | 2024.11.22
초판 발행 | 2024.11.22

지은이 | 강진옥, 김춘자, 박소민, 박정원, 변은혜, 안지윤, 여희자, 이가희, 이선미, 최수아나
디자인 | 사라
발행인 | 변은혜
발행처 | 책마음

출판 등록 | 2023.01.04 (제 2023-1호)
주 소 | 원주시 서원대로 427, 203-1401
전 화 | 010-2368-5823
이메일 | book_maum@naver.com

값 16,800원
ISBN | 979-11-989368-4-4 (03810)

무해한 어른의 독서

강진옥
김춘자
박소민
박정원
변은혜
안지윤
여희자
이가희
이선미
최수아나

책마음

목차 ◇◇◇◇◇◇◇◇◇◇◇◇◇◇◇◇◇◇◇◇◇◇◇◇◇◇◇◇◇◇◇

2장
어른의 문장

프롤로그 ◇◇◇◇◇◇◇◇◇◇◇◇◇◇◇◇◇◇◇◇◇◇◇◇◇◇◇◇◇◇◇◇◇

　시공간이 뚫려있는 온라인에서 모여든 한국, 인도, 호주에 거주하는 열 명의 중년 여성은 각자의 삶 속에서 소중히 간직해 온 책들을 꺼내놓았습니다. 그들의 손길에 의해 펼쳐진 책 속에는 웃음과 눈물, 고민과 깨달음이 담겨 있었습니다. 누군가에게는 잊고 있던 기억을 떠올리게 한 소설이, 또 다른 누군가에게는 삶의 전환점에서 새로운 길을 보여준 시, 인문학 등 다양한 장르의 책들이 있었습니다.

　이 여성들은 오랜 시간 다양한 경험을 통해 얻은 지혜와 감성을 책과 함께 나누며 서로에게 깊은 영감을 주었습니다. 일상에서의 크고 작은 도전들, 가족과의 유대, 직장과 사회 속에서의 역할 등 모든 주제는 그들이 선별한 책의 내용 속에 녹아있습니다. 이런 이야기를 나누며 그들은 자신의 삶을 들여다보는 거울과 같은 책을 통해 더 넓은 세상과 교감하고, 자신을 성찰합니다.

　이 책은 그러한 순간의 기록입니다. 열 명의 여성이 자신의 인생에서 특별한 의미를 지닌 책들을 선정하고, 왜 그것이 그토록 중요한지, 그리고 그것이 그들의 삶에 어떤 영향을 미쳤는지를 솔직히 풀어냅니다. 독자는 이들의 이야기를 통해 때로는 미소 짓고, 때로는 고개를 끄덕이며 공감할 것입니다. 각기 다른 경험과 관점들이 엮어낸 이 독서 에세이집은 단순히 책을 소개하는 것을 넘어, 한 사람 한 사람의 목소리를 통해 독자들에게 책의 새로운 가치와 힘을 전달합니다.

그리하여 이 책을 손에 든 당신이 서서히 넘겨볼 페이지마다, 때로는 지나간 시간 속에서 자신이 사랑했던 책을 떠올리고, 때로는 새로운 책의 여정을 시작하고 싶어질 것입니다. 이 작은 책의 여행을 통해 당신의 마음에 자리할 특별한 문장들이 있기를 기대하며, 이 프롤로그를 마칩니다..

변은혜

누구나 자신의 삶을 살아간다. 본성을 찾아
가는 내면의 소리는 시작과 마지막이 연결되
어야 한다. 내 안의 우주에 눈감으면 부끄럽
고 미안한 삶이 된다.

〈내 인생이라는 이름〉 중에서

1장
삶이 흔들릴 때
책을 읽습니다

운명의 지도

《나의 운명 사용 설명서》 고미숙. 북드라망. 2022

"뭘 그렇게 고민해? 뭐가 됐든 그냥 해보는 거지"
"엄마나 그러겠지. 난 안 그래. 난 걱정 인형이라메……
엄마랑 말 안 해."

아차차. 또 생각 없이 말이 먼저 튀어나왔다. 내 속에서
나온 아이지만 나와 너무도 달라 늘 버거웠다. 무엇이든 시
작하기 전에 지나친 근심과 걱정으로 나를 지치게도 만들지
만 나와 다르니까, 누구나 자기만의 기질이란 것이 있으니
내가 이해해야지 하는 마음으로 참았다. 하지만 지금은 아니
다. 기질이란 것이 무엇인지, 왜 그렇게 다른지, 과학적으로

이해하고 보니 전혀 고민거리도 지칠 일도 아니었다.

> "갈등의 대부분은 정서적 균열과 관련되어 있다.
> 감정보다 더 힘센 것은 없다. (중략)
> 그 감정들의 어울림과 맞섬이 사람들의 동선과
> 리듬을 만들어 낸다. 그것이 곧 인생이고 운명이
> 다."

감정과 오장육부, 사주명리학과 DNA, 운명과 팔자, 의학과 역학 이 모든 것이 연결되어 있고 철저히 한 덩어리임을 알게 되었다. 배곯지 않고 먹고살 걱정 없는 세상임에도 우리는 예전보다 더 불안하고 더 우울한 일상을 살아간다. 해소되지 못한 감정들은 몸에 찌꺼기를 남겨 암이 되기도 하고 '묻지마 살인'이 되기도 한다.

우리는 왜 이렇게 불안하고 우울할까? 과학은 발달하고 물질은 넘쳐나는데 왜 '내적 충만감과 존중감'이 떨어질까? 정말 궁금했다. 교육이 문제라고 한탄만 하기엔, 사회 구조나 정치, 자본주의 문제라고 탓만 하기에는 아무것도 변하지 않는 세상에서 죽어가는 사람들이 너무나 많다. 그 많은 문제에도 불구하고 우리는 행복할 수 있을까? 대체 행복은 어디서 찾아야만 하는지 막막할 때 한 줄기 빛이 되어준 것이 고미숙 작가님의 시선과 해석을 통과한 사주명리학이다.

책 초반에 분명하게 밝히는 부분이 있다. '사주명리학'이라는 단어만 들어도 자동 연상되는 문제다. 첫째는 과학보다는 미신으로 치부하는 것이고 둘째는 신비주의로 여기는 것이다.

이런 사고의 기반은 "철저히 서구적 인식론과 모더니즘을 기반으로 형성된 것"이라고 설명하고 있는데 그 모든 오해에도 불구하고 역술가가 약 30만명인 것으로 보았을 때, 사주명리학은 더욱 번창하고 있다. 심지어 그 핵심과 정수를 빼먹는 자들은 상류층 즉, 권력과 자본가들이다. 보통 사람들은 미신이고 비과학적이라고 믿게 만들면서 이득 보는 이들은 따로 있는 걸 보면 뭔가 속는 기분이 든다.

"운명이란 인생의 우주적 변곡선에 다름아니다.
따라서 운명을 사유한다는 건 인생과 자연 사이
의 상응과 교감을 전제한다."

우리는 운명과 인생에 자연을 빼놓고 이야기한다. 전제가 틀렸다는 말이다. 자연은 인류가 발 딛고 서는 배경에만 머물지 않는다. 탄생 순간의 목소리, 냄새, 온도, 시간, 절기, 계절, 기운, 태양과 행성의 정렬에 따른 에너지 변화 등 모든 것이 첫 호흡으로 온몸에 각인되면서 아이가 태어난다고 한다. 그런 아이가 자연과 우주적 존재라는 사실은 너무도 당연한 설명 같다.

자연과 우주를 '사회과학적 담론'에서 제외한다는 사실이 자연스럽지 않다. 작가의 말처럼 인간은 천지 사이의 존재인데 천지를 빼놓고 아웅다웅 인간사만 다룬다면 '천지인'은 인간의 역사가 되지 못한다. 그런 꼴로 우리는 갈수록 반쪽짜리가 되어 가는 것이다.

> "음양오행이란 인생과 사회, 그리고 우주의 이치
> 를 하나로 관통하는 앎의 체계다."

사주명리학의 기본은 음양오행이다. 음양오행이라는 인식의 프레임으로 생리와 병리에 접근하면 의학, 운명과 사건에 접근하면 역학이라고 한다. 이런 지식과 지혜를 우리는 왜 배울 수 없었던 걸까? 우리 사회는 왜 몸과 마음의 우울과 불행을 겪으면서도 자기 힘으로 이겨낼 지혜를 꼭꼭 숨겨놓아야만 하는가?

"오직 병원을 찾고 의료시스템을 요구하고, 각종 정신분석과 심리 치유 프로그램을 섭렵할 따름이다. 몸은 병원에, 마음은 정신과(혹은 종교단체)에 맡겨 버리면 그뿐, 스스로 그 원천을 탐구할 생각은 절대 하지 않는다."

"모든 존재로 하여금 자신의 구원을 스스로 사유하고 연마하도록 요구하는 '앎의 체계', 그것이 곧 의역학이다"

이것을 알게 되자 봉사가 눈을 뜬 것처럼 큰 기쁨과 희망에 전율했다. 스스로를 구원할 길이 바로 내 몸 안에 있다는데 어떻게 안 그렇겠는가? 앎의 체계라는 것이 오랫동안 존재해 왔다지만 볼 수도 알 수도 없던 세상에서 이 책은 손을 뻗으면 앎에 닿게 도와준다. 젊은이들은 스스로 탐구하고 공부할 마음의 여유가 없을지도 모르겠다. 또는 그것이 닿지 않는 곳에 자리하는지도 모를 일이다. 까짓거 배워서 가르쳐 줘야겠다.

우주에는 봄, 여름, 가을, 겨울이라는 차서가 있고 이 리듬을 밟고 순환하는 것이 생명의 원리라고 했다. 그런데 자본주의는 이 차서를 어그러뜨리고 '순환과 비움'이 아니라,

'소유와 증식'만을 목적으로 하기에 이 시대에 많은 사람들이 우울하고 아픈 것이라고 한다. 이제야 이유를 알았다. "물질의 풍요는 반드시 정신의 가치와 함께 가야 한다는 걸, 그래야 쉼 없이 만물을 낳을 수 있다는 걸" 알려준 이 책이 나에게 인생 책인 이유다.

우리가 궁금해하는 것들의 우선순위가 뒤죽박죽되어 결국 알맹이는 없고 껍데기뿐인 건 아닐까? 남의 시선, 주식의 등락, 시험문제, 부동산 가격, 과거의 상처, 친구의 진심 등이 우선하느라 진짜 나를 알아가는 방법은 모르고 기껏해야 MBTI나 혈액형, 에니어그램 등에 맡기는 걸로 끝나는 건 아닐까? 라는 생각이 든다.

"자신의 존재를 우주적 인과 속에서 보는 삶의 기술을 닦아 가는 것, 핵심은 바로 여기에 있다."

1부에서 감이 왔다면 드디어 2부에서 사주팔자, 4개의 기둥과 8개의 글씨가 어떻게 우주와 조화되어 인생의 지도를 그려나가는지 알 수 있다. 나에게 새겨진 우주적 지문으로 어떤 인생이 펼쳐지고 어떻게 운명에 개입하는지 말이다. 흔히 아는 사주풀이, 운세가 궁금하다면 인터넷에서 만세력과

해설을 찾아 읽거나 철학관, 점집, 무당을 찾아가면 될 일이다. 물론 만세력의 해석은 봐도 무슨 말인지 도통 모르겠다. 무슨 암호 같다. 무당의 역할과 사주명리학은 분명한 차이가 있음을 작가도 말하고 있으니 참고하면 좋겠다.

신기하면서 다행인 것은 팔자에는 좋고 나쁨이 없고 정해진 것도 없다는 사실이다. 운명은 바꿀 수 없는 기정사실이 아니고 생물처럼 변화한다. 지독히 나쁜 운명 같아도 당사자가 개입해 바꿀 수 있고 모두 가진 완벽한 운명 같아도 어딘가 구멍은 있다. 책을 읽다 보면 이 사실이 너무 자연스럽고 당연하다. 십 년 전 내가 진짜 나인지 확신할 수 없을 만큼 인간 세포 하나하나도 고정된 것이 없다는데 온통 변화하는 세상 속에 고정된 것이 어떻게 존재하겠는가. 다만, 내 몸에 각인된 지문이 지도가 되고 안내자가 될 수 있다. 길을 잃지 않게, 자신을 잃지 않게 북극성이 되어 준다.

음력 오월 입하(立夏)를 갓 지난 한낮에 태어난 아들과, 서리가 내리는 시월 상강(霜降)의 새벽에 태어난 딸아이의 기질과 성격이 극과 극인 것이 얼마나 자연스러운 것인지 알았다. 긍정적이고 밝은 성격에 뒤끝이 없지만 마무리가 부족한 아들, 수렴하고 응축하는 기질로 내성적이고 안으로 삭히고 표현이 적은 딸아이를 같은 기준으로 대하고 틀에 맞추려

한다면 한 아이는 폭발할 것이고 한 아이는 굴을 파고 숨어 버릴 것이다. 이런 얘기들을 주저리주저리 흘렸더니 딸애가 뜻밖에 흥미를 보인다.

"그래서?"

"오빠는 마무리가 부족하니까 항상 뒤를 돌아보고 챙기면 좋겠네. 너는 움직이기 싫을 때 친구랑 약속 잡고 밖으로 나가면 더 좋지 않을까?"

"글쎄……"

좋았어! 뭐라도 배운 걸 이렇게 써먹으니 뿌듯하다.

책 한 권으로 알게 된 건 아주 기초적이고 미미함을 안다. 다 배울 수도 없고 다 배울 필요가 없을지도 모른다. 단지 내 인생의 지도를 스스로 그려나가고 열어 가는데 필요한 만큼 배우고 아는 만큼 적용하면서 내 존재를 다시 들여다보는 것이 중요하다.

나이 들면서 관심이 쏠린 건강 문제도 이와 연결해 바라볼 수 있다. 공부에 나이가 따로 없는 이유 중 하나다. 저자의 다른 책 《동의보감, 몸과 우주 그리고 삶의 비전을 찾아서》도 같은 맥락으로 읽을 수 있다.

우리는 몸을 떠나서는 살 수 없다. 돈만으로도 살 수 없고 고매한 사상이 삶의 모든 걸 해결해 주지도 않는다. 작가가 강조하는 '몸'. 이 몸은 누구나 평등하게 가지고 태어난다. 그 몸속에 운명이 들어 있고 내 건강과 감정과 관계와 우주가 들어있다. 몸을 소외시키고 타인에게(의사, 종교인, 정치인, 자본가, 각종 치료사) 맡긴 채 다른 곳에서 행복과 의미를 찾으려 한다면 성공할 리 만무하다. 좋은 사주 나쁜 사주가 없고 좋은 몸 나쁜 몸이 없다고 했다. 내 운명을 어떻게 그려나가야 할지 궁금하다면 일단 내 운명의 무늬가 어떤 모양인지 먼저 알아보자. 내 몸의 주인은 나니까.

_강진옥

아름다운 노년

《사라진 모든 열정》 비타 색빌웨스트. 휴머니스트. 2023

깜빡이를 켜고 길가에 차를 세우고 있는데 삼삼오오 젊은 이들이 앞으로 지나간다. 열여덟에서 스물다섯 살쯤으로 짐작한다. 짧은 반바지 아래 하얀 다리들이 잘 자란 도라지 같고 코스모스 같다고 생각했다. 바닥에 끌릴 듯 길고 통 넓은 바지는 우리 집에도 낯익다. '젊음이란 저리 이쁘고 눈부신데 너희들은 모르겠지.'라고 노인네 같은 소리를 중얼거려 본다. 젊음을 마냥 누릴 수만 없는 팍팍한 현실과, 저 눈부심이 별똥별처럼 아주 잠시 반짝이고 사라질 빛일까 싶은 안타까운 생각도 든다.

배우 김혜자의 드라마 〈눈이 부시게〉의 대사다.

"당장 내일부터 나랑 삶을 바꿔 살 사람? 내가 너희들처럼 취직도 안 되고 빚은 산더미고, 여친도 안 생기고 답도 없고 출구도 없는 너네 인생을 살 테니까 니네는 나처럼 편안히 주는 밥 먹고, 지하철에서 자리 양보도 받고 하루 종일 자도 누가 뭐라고 안 하는 내 삶을 살아. 어때?"

"태어나면 누구에게나 기본 옵션으로 주어지는 게 젊음이라 별거 아닌 거 같겠지만, 날 보면 알잖아? 너희들이 가진 게 얼마나 대단한 건지. 당연한 것들이 얼마나 엄청난 건지"

《사라진 모든 열정》의 주인공 슬레인 백작 부인은 결혼을 앞둔 손녀 커플을 보고 이런 생각을 했다.

"그 따스한 젊음이 식으면서 굳어갈 거야. 세상 물정을 알게 되고 자아를 추구하겠지. 성급한 젊음의 너그러움 대신 중년의 신중함이 들어서겠지. 격렬히 싸울 일도 없고 영혼의 몸부림도 없겠지. 이미 그들에게 마련된 틀 속에서 그저 굳어갈 뿐."

김혜자만큼, 슬레인 백작 부인 만큼은 아니지만 나도 젊음을 눈여겨 보고 나이 든 사람들의 얘기에 더 귀를 기울이는 나이가 되었다. 젊음이 떠나버린 사람들의 얘기에는 안타까움이 들어있다. 노년은 젊은 날의 자신이 안타깝고 젊은이는 젊음을 알지 못해 안타깝다.

하지만 슬레인 백작 부인은 조금은 다른 선택을 했다. 팔십 평생 남편과 아이들을 위해 자신의 본성을 제쳐놓고 살아왔으나, 남편이 떠난 뜻밖의 순간에 단호하게 독립을 선언한다. 자식들은 "어머니에게 혼자 간직하는 생각이 있을 수 있다고 추정해 본 적 없다." 할 만큼 그녀의 결정은 파격이고 누구도 예상치 못했다. 긴 세월 자신을 지우며 살았던 인물이 삶의 끝자락에서 다시 자아를 찾는 게 가능할까? 남들 보기에 존경스럽고 우아하고 완벽해 보이는 인물이라 더더욱 그렇다.

그녀는 어릴 때 살던 집을 찾아 거처로 삼는다. 이전 그집에 딱 한 번 세 들어 살았던 노부부를 작가는 이렇게 표현했다.

"나름의 파란만장한 삶을 뒤로한 채 떠난 조용한 노부부. 그곳에 온 이유는 천천히 스러지기 위해서, 가만히 존재에서 빠져나가기 위해서였으니 그렇게 스러졌고, 그렇게 빠져나갔다. 둘 다 복숭아나무 위쪽, 남쪽을 향한 침실에서 숨을 거두었다."라고 쓰고 있다.

슬레인 백작 부인도 오로지 천천히 스러져 존재에서 빠져나갈 장소를 고른 거라면 그다지 특별하지 않았을 거다. 그러나 얼마 못 살고 숨을 거두게 되지만 그 짧은 시간 동안 그녀는 젊은 시절의 꿈과 환희를 다시 만난다. 감추어 두고 지우려 했으나 어딘가에 숨어있던 그녀의 예술과 젊음이 마지막 불꽃처럼 점화된다. 물론 그러한 꿈틀거림이 팔십 넘은 노인에게는 그저 조용히 가슴으로 전해질뿐이었다. 아주 현실성 있게 말이다.

"그녀는 거미가 아니니 거미줄을 치지 않겠지만, 빈집으로 기어들어 온 것들과 하나가 되고 싶었다. (중략) 죽음이 가만히 그녀를 문밖으로 밀어내고 등 뒤에서 문을 닫을 때까지 세월과 함께 흘러가고 싶었다."는 게 처음 마음이었으나 곧 혼자가 아니게 된다. 중개인 벅트라우트 씨, 건축업자 고셰런 씨, 하인인 저누, 미술품 전문가 피츠 조시 씨. 칠십, 팔십이 넘은 사람들끼리 진정한 존경에서 우러나는 정중함으로 환희에 찬 순간을 지난다.

소소한 것으로 채워지는 일상은 이런 것들이라고 했다. "저누와의 교감, 허물어져 가는 자신의 몸에 대한 관심, 매주 찾아와 예의를 차리는 벅트라우트 씨, 연 날리는 아이들을 보는 즐거움, 뼈가 부러질까 조심하는 일상"이 그것이다. 그 모든 "하찮도록 소소한 일은 오직 죽음을 거대한 배경으로 삼고 있기에 고귀했다." 내가 느낀 환희란 이런 것이었다. 팔십이 넘은 나이의 환희는 못다 한 희망이나 꿈을 이루는 것이 아니라 소소한 일상이 고귀하게 느껴지는 순간이다. 생각해 보라. 몸이 사그라드는데 정신인들 온전할까. 그런 순간에 빛나는 감사와 고귀함이라니, 이보다 더 찬란한 노년이 어디 있을까.

피츠 조지씨는 백작 부인의 과거를 일깨우며 이런 말들을 한다. "젊은이에게는 연로한 얼굴의 아름다움이 없다. 오롯한 안식 속에 앉아 있는 일을 젊은이는 할 수 없다. 자식과 남편과 그 화려한 삶이란 당신의 자아를 가로막은 장애물이었을 뿐이다."라고. 작가는 이런 얘기를 하고 싶었나 보다. 늙어도 아름다울 수 있다는 것, 자아를 찾기에 늦을 때란 없다는 것 말이다.

'노년 공동체'라는 단어가 계속 맴돈다. 노년은 그저 물리적 나이만이 아닌 특정한 가치를 대변한다고 했다. 우리나라의 고령화 사회 진입은 진즉에 예상된 바이다. 몸은 물론 마음까지 젊음을 유지하려 애쓰는 시대에 돈에만 자리를 내주지 않고 가치 있는 삶과 노년을 위해 함께하는 공동체는 이런 것이면 좋겠다. 나무 한 그루, 잎사귀 하나, 조금 더 또는 조금 덜 늙은이에게서 발견하는 영원성. 이런 것이 노년이라면 두렵지 않을 텐데, 젊은이들의 불꽃이 더는 안타깝지 않고 더는 부럽지도 않을 터라는 상상을 하게 된다.

작가는 "자신과 삶 사이의 균열은 남자와 여자의 균열이 아니라 일하는 자와 꿈꾸는 자의 균열"이라고 했다. 19세기 유럽의 여성으로 태어났으나 남자로도 살았고 꿈꾸는 자로도 살았던 본인의 모습이 투영된 것이다. 그런 균열이 우리의 젊은이들에게는 얼마나 허락되고 있을까? 짧은 반바지에 팔랑팔랑 걸어가는 저 젊은이들이 지금 당장 자아를 찾는 일에 매진 할 수는 없을까? 시간이란 대가를 지불해야 얻을 수 있는 거라면 인류가 발전시켜 왔다는 문명은 그저 제자리걸음인 의미 없는 반복은 아닐까? 투정 같은 질문들이 떠 오른다.

아무도 모르게 숨겨진 불꽃이 팔십이 넘은 나이에도 꺼지지 않고 빛을 남겼다는 사실이 감동을 준 책이다. 저자인 비타 색빌웨스트는 당시 유명한 시인이자 작가이며 정원사였다고 한다. 버지니아 울프와의 관계로도 유명하지만, 그녀는 자유롭고 개방적인 사람이었다. 그런 그녀가 39살의 나이에

80이 넘은 노년의 모습을 그렸다는 것이 흥미롭다.

　다시 부릉부릉 차를 출발시키며 이미 떠난 젊음 대신 다가올 노년의 아름다움을 이모저모 떠올려 본다. 친정엄마의 카랑카랑한 목소리에서, 작가 박경리와 박완서의 삶과 글에서, 숀 코너리나 오드리 헵번, 고향 동네 구십 넘은 어르신의 까맣고 반들한 얼굴에서 찾을 수 있는 그런 아름다움들. 안심이 되고 마음이 흐뭇해진다. 젊은이는 젊은이대로 늙은이는 늙은이대로 아름다운 순간들이 있다는 사실에 감사와 위로를 받는다.

_강진옥

영혼의 자람

《우리가 이 세상에 온 이유》 서정록. 한살림. 2014

뒤에서 걷던 작은언니가 "머리핀 이쁘다."라고 말을 건다.
"어, 이쁘지? 우리 시어머니가 결혼할 때 사주신 거야."라고
대꾸하며 뒷머리에 손을 얹어 만져보고 어머니를 떠올렸다.
꽤 비쌌는데도 제일 이쁘다고 들어 보이며 수줍게 미소 지으
셨다. 어쩌다 보니 오래 간직하는 물건들이 있는데 그중 하
나가 머리핀이다. 이십 년이 지났어도 여전히 화사하고 고급
스러워 보인다. 그날의 어머니 미소처럼 말이다.

사람이 죽으면 그 영이 자손에게 온다고 한다. 그 문장을
떠올리면 늘 섬뜩했는데 오늘은 마음이 따뜻해진다. 순하
고 따뜻하던 시어머니의 미소를 떠올리는 순간에는 우리 곁

에 와 계신다는 상상이 섬뜩하거나 무섭지 않다. 정말 죽으면 영혼이 찾아올까? 조상의 영혼이 자손들을 통해 다시 태어난다는 것이 사실일까? 그 전에 정말 영혼이란 게 있을까? 그럼 우리는 왜 영혼을 가지고 이 세상에 태어나는 걸까?

《우리가 이 세상에 온 이유》라는 제목은 너무 직설적이다. 그런데 답변은 더 직설적이다. '영적으로 성장하기 위해서'라는 군더더기 없는 답변을 얻는다. 우리가 누구인지, 어떻게 살아야 하는지, 왜 살아야 하는지, 수많은 질문에 답하는 수많은 사상과 지혜와 책들이 있겠지만 내 마음에 쏙 들어온 가장 공감 가는 답이었다.

아메리카 인디언들의 영적인 전통과 문화를 찾아 연구한 작가는 그들에게서 통찰을 얻고 삶의 지혜를 얻었다. 우리는 더 이상 질문 할 겨를이 없다. 눈앞에 밥벌이가 너무 고되고 일상을 위해 필요한 물건은 너무 많다. 그 물건들을 장만하려면 질문 따위는 할 시간이 없다. 남들만큼 살아야 한다고 자신을 채찍질하고 아이들을 닦달한다. 남들 신경 쓰느라 자신을 돌아보고 질문할 여유가 없다. 이 책이 질문하고 대신 답을 주고 있다.

콜럼버스가 신대륙을 발견한 이후 수백 년간 사라져간 것은 아메리카 인디언들의 숫자만이 아니다. 그들의 문화와 전

통도 함께 사라졌다. 영혼을 발견하여 삶의 중심에 두며 자연과 우주 속에서 인간의 영과 육체가 하나 되는 원초적이고 영적인 삶 자체가 사라진 것이다. 영적 성장을 위해 반드시 육체가 필요함을 알고 그 둘의 균형과 발전을 모색하는 차원 높은 지혜가 사라진 것이다. 또 사라진 건 스승이란 존재와, 자연과 상응하고 우주를 가슴에 닮았던 고대 인류의 순수함이다. 삶과 죽음이 연결되어 있어 살면서 죽음을 준비하고 죽음에서 다시 생명이 태어나는 우주의 순환과 동떨어지지 않은 원초적 인간의 감각이다.

아메리카 인디언 소년들은 사춘기가 되면 신명을 들으러 산과 들, 숲으로 가서 몇 날 며칠 곡기를 끊고 구덩이에서 소리를 기다린다고 한다. 그들이 들은 소리는 영혼의 소리이며 소년들이 어떤 사명으로 살아야 하는지 가르쳐준다. 신명은 운명이나 명령이기보다 태어난 이유와 의미를 알려주는 자연의 섭리 같은 것이다. 방향을 알고 나아가는 삶에는 혼란이나 불안이 있기 어렵다. 신명대로 사는 게 바로 영을 성장시키는 길이고, 영이 남기고 가는 육신과 이 세상은 다음 생을 위한 준비물이자 유일한 도구이다. "우리는 오직 이 세상에 몸 받아 올 때만 영적으로 성장"할 수 있다는 것이다.

대지의 어머니이자 부족의 어머니로서 여성은 생명과 지

혜 자체이므로 신명이 필요치 않다고 한다. 여성이 생명을 잉태하고 길러내는 과정이 세상에서 영을 성장시키는 길이다. 남녀의 차이는 있으나 차별이 존재할 수 없는 인디언의 삶은 놀라움을 넘어 경이롭기까지 했다. 아주 오랫동안 유럽에서 여성은 남성의 부속품에 지나지 않았다. 여성이 목소리를 내고 일자리를 얻고 투표권을 얻는 과정이 진보인지 후퇴인지 아이러니하다.

수백 년을 싸워 얻는 여성의 자리가 이미 오래전에 그 중요성과 가치를 알고 그대로 삶을 살아온 사람들이 있었던 것이다. 총칼로 베어버린 것을 다시 찾으려고 버둥대던 사람들이 얼마나 헛똑똑이인가 싶다. 하긴 우리는 지금도 수없이 베어내고 있다. 오래된 숲과 나무를 베어내고, 공동체의 집단지성과 배려와 공감을 베어내고, 영혼이 자라날 집인 몸의 건강과 순환과 자연과의 합일을 베어내고, 생명의 잉태와 육아의 숭고한 가치와 지혜를 베어내고 있다.

영을 성장시키는 지혜와 그것을 이끄는 인디언 스승들을 다시 살려낼 수는 없다. 하지만 작가는 이를 찾아내고 연구하고 우리에게 알려준다. 불안하고 우울한 현대인이 좀 더 행복해지려면 더 많이 가지는 법을 배우기 전에 자신에게 질문할 수 있는 여유와 기회를 가지면 좋겠다. 왜 많이 가질수록 더 불안하고, 열심히 살수록 왜 더 공허한지 말이다. "나는 누구인가? 왜 이 세상에 왔는가? 가족과 이웃과 사회를 위해서 내가 가장 잘할 수 있는 일은 무엇인가?"라는 질문을 우리도 할 수 있으면 좋겠다. 그래서 같은 질문을 하고 답을 찾는 사람들이 남긴 책은 중요한 안내자가 된다.

시어머니의 말년은 너무 고되고 지난한 시간이었다. 누구보다 열심히 살았고 부지런하고 정갈한 분이었으나 질병과 고통은 사람을 봐가며 찾아오지 않았다. 지난 삶을 한탄하며 억울해하시는 어머니를 지켜보는 것은 너무 지겨운 일이었다. 외롭고 고립된 자의식 속에서 헤매는 모습은 늙음을 두렵게 만들었다. 치열하게 살았으나 질병으로 온통 괴롭고 원망스러운 노년만이 기억으로 남는 삶은 허망했다. 죽음이 삶처럼 일상에 함께 있다면, 삶을 꿈꾸고 배우듯이 죽음을 배우고 준비할 수 있다면, 삶을 아름답다 노래하듯이 죽음도 의미 있고 아름답게 맞이할 수 있다면 덜 힘들지 않으셨을까? 두려워하지 않고 원망하지 않고 맞이하지는 않으셨을까? 상상해 본다.

세 권의 책을 선정하면서 나를 다시 들여다보게 되었다. 《나의 운명 사용 설명서》를 통해 내 운명이 정해진 길 위에서 버둥대는 꼭두각시가 아님이 기뻤다. 나를 알아 가는 일이 훨씬 큰 의미라는 사실이 설렜고 자연 속에, 우주 속에 나를 규정하는 비밀이 숨겨져 있다는 사실은 가슴 벅찬 일이었다. 《사라진 모든 열정》에 시선이 머문 것은 내 나이 때문일 것이다. 아직은 늙음을 멀리 두고 싶지만, 비타 색빌웨스트는 늙음 속에 청춘의 열정을 담아내고 내가 그릴 수 있는 운명의 지도가 사라지지 않음을 보여 주었다.

《우리가 이 세상에 온 이유》에서 위의 두 책이 만나 마주 보며 미소 짓는 기분이다. 내 운명과 늙음이 영을 성장시키고 죽음과 화해하는 과정 같다. "삶이 있기에 죽음이 죽음다울 수 있고, 현실계가 존재하기에 영계가 존재할 수 있고, 변화가 있기에 현실계는 현실계다울 수 있다. 오직 변화 속에서만 창조가 일어날 수 있다."는 것을 세 권의 책 속에서 모두 느낄 수 있었다. "영과 육, 물질과 정신은 이 우주를 떠받치고 있는 두 기둥"이라서 어느 하나가 없으면 다른 하나도 무너진다는 사실을 현대인들이 깊이 헤아리며 살 수 있다면 우린 좀 더 행복할 수 있지 않을까?

시어머님께서 언젠가는 내 손자에 손자 누군가에게로 다시 돌아와 새로운 생을 더 행복하고 덜 아프게 살아가시길 바라며 가슴에 돌 하나를 내려놓는다. 내가, 이 세상에 온 이유는 시어머니를 통해 더 나은 사람이 되기 위해서였는지 모르겠다. 아직은 아니지만 앞으로 더 나아질 수 있다. "삶은 살아야 할 무엇이지 풀어야 할 숙제가 아니기" 때문이다.

_강진옥

길 없는 길

《황금찬 시인 나의 인생 나의 문학》 황금찬. 창조문예사. 2007

황금찬 시인은 1918년생이고 99세까지 사시다 2017년
에 돌아가셨다. 일제 암흑기 시대였다.

1909년에 안중근 의사가 이토 히루부미를 사살시키고,
1910년은 한일해방이 된 해다. 1919년은 3.1운동이 일어
나고 대한민국 임시정부가 수립된 시기다. 시인은 강원도 속
초 한 부락에서 태어나 화전민으로 긍긍하다가 학문이라는
배움의 기회를 가지지 못했다. 시인은 세상에서 가장 행복한
사람은 보통학교를 다니는 사람으로 알았다.

17세까지 학교를 가본 적이 없는 그는 혼자서 한글과 한

문을 깨우쳤다. 시인은 기본이 부족하다며 학문의 기초 없음에 평생 자신 없어 했다. 누구보다 많은 독서량으로 자신을 보살피고 일으켜 세우기를 평생 하신 분이라 나에겐 소중한 시인으로 다가왔다. 등단이 늦은 나에게 시인은 나의 스승이 되었다. 그의 특징은 어린 나이부터 눈감을 때까지 책을 손에서 놓지 않았고, 시인으로서 배움의 끈을 이어갔다. 나 역시 직업 중에서도 시인이 되는 길을 최고의 업으로 여겼다. 시인이 인간사랑 자연사랑을 중심으로 시맥을 이룬 것은 내가 써 나가고 싶은 시의 정서와 같았다. 나는 시인이 되어 그 분이 가신 길을 산길을 오르듯 걸어가고 있다.

나는 20대부터 시인되기를 꿈꾸었고, 시인이 되면 하늘의 별을 딸 것만 같았다. 세 아이를 키우며 40대에 아이들 대학 보내고 본격적인 시 등단을 하려고 30대 후반부터 준비 중이었다. 그러나 마흔네 살에 남편을 여의면서 '원하는 시인의 길'이 내 삶에는 없는 줄 알았다. 아이들 공부를 마치고 대학원에서 미학을 공부하고, 잠시 박사를 꿈꾸었다가 육십이 넘은 나이에서야 원하는 시인의 길에 들어설 수 있었다. 수시로 시는 써왔으나 등단 이후 동서남북을 모르는 나에게 황금찬 시인의 문학 이야기는 나에게 맛있는 한 끼, 두

끼의 소박한 밥상이 되어 주었다. 나의 목표는 그의 길을 더 듬으며, 내 안의 소리를 통하여 사람들에게 따뜻함이 되어 주는 것이다.

황금찬 시인은 학교를 못 가는 대신 소년시절 처음 만난 잡지가 《아이생활》이다. 그 잡지는 시인에게 친구, 스승이 되었으며 또한 학교가 되어 주었다. 그로 인하여 동네 친구들에겐 '이야깃주머니'란 별칭도 생겼다. 그는 기억력과 입담이 좋았다. 가족의 입을 덜기 위해 남의 집 소몰이도 하고, 막일꾼이나 공장에서 일도 했으나 시인 옆에는 항상 책이 있었고, 자라면서 독서 모임도 주도했다. 책으로 이어진 동료와 선후배들이 많았다. 책은 한 권뿐이고 읽을 사람이 많아 점심은 십 분으로 끝내고, 한 사람이 낭독한 후 토론하는 게 독서토론의 방법이었다.

시인이 어릴 적 초시 선생이 "자라서 무엇이 되고 싶으냐"물었다. "돈 많이 버는 부자가 되고 싶다."라고 답하니, 선생님은 '하필이면 돈'이냐고. "그것보다 더 귀한 일들이 많다."라며 다시 뒤돌아서 시인의 눈을 보았다. "천불생무록지인(天不生無祿之人)이요, 지부장무명지초(地不長無名之草)

라. (하늘은 직업이 없는 사람을 내지 않고, 땅은 이름이 없는 풀을 내지 않는다.)라고. "사람으로 태어나면 먹을 것은 어디에나 있으니 굳이 먹을 것만을 위하여 살지 말라."는 그 말은 시인으로 가는 징검다리 역할을 하였다. 기회는 얻기 어렵고, 일제 강점기의 나라 없는 서러움도 있었지만, 길 없는 길을 독서를 통하여 문학세계의 상상력과 지성으로 다듬어 갔다.

시인이 소년 시절, 친구가 사는 마을에서 7개 국어를 하는 영문학자인 독서가 '강인산'을 만나는 기회가 있었다. 그는 유한한 삶에서 "만 권의 책을 읽고 시간을 금쪽같이 써야 한다."라고 말했다. 시인은 그날 이후 돌아가실 때까지 남이 놀 때 공부하고, 남이 잘 때 책을 읽었다. 네 시간만 잠을 자는 원칙을 지켰다.

강인산을 찾으니, 함경도 이원 사람이다. "산에 가는 사람은 빈손으로 갔다가 빈손으로 돌아오는 것 같지만 실은 그렇지 않다. 자기도 모르는 사이에 자연의 법도에 젖어 온다. 나무와 풀이 대화하고 바위, 구름, 물에는 자기도 모르게 배움이 있다."라는 문장을 남겼다. 그렇다. 시인의 길은 빈손일 때 얻어진다. 보이지 않는 마음에서 시의 소리를 듣는다. 시는 잠깐 와서 쉽게 간다. 그렇게 시는 나를 맞이하는 내 안의 우물이고, 스승이다.

　시인을 시인으로 만드는 것은 자신이다. 누구의 권유도 누구의 바람도 아니다. 생의 고유함에서 자신이 만들어 가는 내면의 소리에 길 없는 길을 찾아가는 업이다. 황금찬 시인은 옷과 신발이 없고, 먹거리가 없어도 평생 시를 놓지 않았다. 그 마음으로 시를 써 갔다. 그의 시는 생활 시이며 순박한 그의 삶이고 눈물이었다. 그의 시 〈보릿고개〉는 눈물 없이는 읽어지지 않는다. 일제 강점기 시대 우리나라는 보리죽도 못 먹는 국민이 많았다. 자랑일 수 없지만 가난으로 시를 쓰고, 가난해서 책을 읽고, 가난하여 더 애국자였다. 시인은 일본 유학 후 교사가 되어 손수 교재도 만들어 오랜 시간 학생들을 지도하고, 교수로서 많은 일을 하였다. 그의 시 정신을 지금껏 받드는 제자들이 많다.

　시를 쓰는 사람은 자신의 삶을 살 수 있어야 한다. 그 안의 연민과 아픔을, 고통을 지나 행동하는 사랑으로 표현할 수 있어야 한다. 내 앞에는 공부 거리가 많다. 연습하고, 사유하고, 그 안에서 만나지는 길 없는 길이 언젠가는 길이 될 것이다. 한번 가고 두 번 가고, 가다 보면 길이 날 것이다. 길이란 만들어진 길도 있지만, 그렇지 않더라도 마음의 소리를 찾아가야 한다. 내가 시인이 되고 싶은 건 중학교 시절이었다. 김억과 김소월, 한용운, 이은상 시인 등 국어 교과서를 통해서였다. 시에는 곡을 붙인 가곡까지 있어 사춘기 소녀가 시와 가곡을 접한 것은 자연스러운 일과였다. 친구보다, 시와 가곡으로 혼자 보낸 시간이 오늘의 나를 시인으로 만드는 초석이 되었다.

나는 환경을 극복하는 게 아름다운 삶이 된다는 걸 늦은 나이에 알았다. 깨달음은 다음 길을 내딛는데 어깨를 내어준다. 시는 어두울 때 많이 찾아오고, 마음이 어두울 때 반짝이는 별이다. 사는 동안 우리 삶의 미학은 체험 속에 느껴지는 자신만의 에너지다. 스스로 우리는 지구별이 되어 살아간다. 먼저 간 시인의 삶 속에 나도 조금은 보태어 주는 사람이 되어야 할 것 아닌가. 삶 안에서 시가 탄생할 수 있는 건 시인만이 알아 가는 자기의 소리이기 때문이다. 그것의 울림이 독자들의 마음으로 전해지려면 나를 보살핌이 우선 되어야 한다. 길 없는 길이 시인의 길이라지만 먼저 간 시인의 길을 밟으며 길을 걷는다.

문(문, 門) / 황금찬

기울어지는 시각
싸늘한 거리에 비가 내린다.
운명처럼 마련된 내 생존의 길 앞에
모든 문은 잠기어 있다.
이제는 어쩔 수 없는
이 절박한 지대에서
나는 몸부림을 치며 문을 두드린다.
그러나 문(門)은 열리지 않고
가슴에 박히는 수 없는 상처(傷處)
이것은 너무 심한 장난 같다.
사람은 평생(平生)을 두고
열리지 않는 문 앞에서 문을 두드리다 가는 것인
가 보다.
흘린 피는 「갈꽃」으로 피고
핀 「갈꽃」 바람에 울다 그나마 지고 나면
조용히 남은 보랏빛 상처(傷處)
천대(千代)를 두고 다시 만대(萬年)를
이 문 앞에서 비를 맞으며
울다 간 사람들
나도 여기 서서 울고 있다.

_김춘자

내 인생이라는 이름

《삶이 내게 말을 걸어 올 때》 파커 J.파머. 한문화. 2001

더글러스 스티어(Douglas V.Steere)는 "나는 누구인가?"라는 고대 인류의 의문이 "나는 누구의 것인가?"로 귀결된다는 말을 즐겨 하였다. 우리는 살면서 '자아'라는 질문에 결과가 어떻든 정직하게 스스로 대답할 수 있어야 한다. 《삶이 내게 말을 걸어 올 때》 저자 파커 J. 파머는 밖에서 보면 '위대한 스승'으로 잘나가는 교육자였다. 그는 삶에서 본성이 말하는 내면의 두려움을 접하고, 그 본성에 귀 기울이는 동안 찾아온 우울증을 세상에 풀어놓는다.

그가 솔직하게 들려주는 내면의 소리는 나의 삶을 뒤돌아보는 계기가 되었다. 그는 자기 내면에 대한 의문과 두려움에 맞섰다. 현재 생존 중인 미국 교육자 중 '교사들의 스승'으로 존경받는 분이다.

현재 나의 영성과 자아는 내 것이 맞는지, 나로서 살아가고 있는지, 삶을 제대로 살아내고 있는지 자신이 없다. 남편의 일기장에는 "우리는 어디서 와서 어디로 가는지"의 물음이 있었고, 답도 없이 그는 저세상 사람이 되었다. 그에게는 아내가 있고, 세 아이가 있었다. 그렇다면 그는 누구이고 나는 누구인가? 신의 선물로 가장 소중한 개체로 태어났다면 내 안의 자아가 바라는 영성은 무엇일까? 나를 위한 준비는 어떻게 시작되어야 하는지, 무엇을 해야 하는지, 어떻게 자라야 내면이 바라는 삶을 나는 살 수 있는지?

흐르는 강물 / 참솔 김춘자

강물도 분명 시작이
있었을 것이다
나에게도 분명
강물 같은 시작이 있었을 것이다
강물이 흐르고
나도 흐르고

부대끼고

넘치며 흐르는 사이

그 안의 물살에 아팠을 것이다

어제처럼 오늘도

오늘처럼 내일도

강물처럼

내 인생도 흘러갈 것이다

강물은 흐르고 흘러

바다에 다다르고

내 인생이 흐르고 흘러

하늘에 다다르면

잘 살았다고 말할 수 있을까

수백 년 자라 온 소나무를 보면 기대고 싶다. 그가 답을
줄 거 같다. 그 나무는 오래 살았고 뿌리도 깊고 튼튼하다.
바람 앞에선 바람 소리로, 빗속에서 울부짖기도 하고, 눈이
오면 하얀 눈에 묻힌 채 며칠을 버티기도 한다. 그러다 가지
가 부러지면 부러진 가지를 지탱하며 상처 속에서 침묵으로
자리를 잡아 가는 기상도 있다. 송홧가루를 선보이기도 한

다. 보이지 않는 자람 속에, 보이는 성장으로 사계절이 후딱 지나간다. 나무의 자아도 씨앗에서 자랐다. 나무도 자연이고 나도 자연이다. 우리의 삶도 부러질 수 있다. 나는 부러졌고, 지금 나를 찾아간다. 누구인지 모른 채 답을 구한다.

인생의 길목에서 가을을 맞이하였다. 나도 가을 사람이 되었다. 나를 돌보는 일, 일으키는 일에 스스로에게 물어보는 질문과 답이다. 지금까지 밖이 들려준 꿈이라는 거, 소명이라는 거, 목표라는 걸 훌훌 벗어버리고, 나는 왜 이 자리에 있는지 되묻는다.

나는 자연의 일부로 특별하지만, 특별하지 않다. 물은 물로 흐르다가 머물다가 고인다. 흐르는 일이 특별하지만 그렇지도 않다. 맑은 새소리는 새의 소리이고, 햇빛 찬란한 아침은 매일 나타난다. 나는 어떤가. 특별하지 않은 모습 속에서 특별해야 하는 삶이다. 바람 타고 오지 않았지만 바람처럼 지나갔다. 바람은 뿌리 없이 마구 달렸고, 눈 뜨고도 눈감은 사람으로 그렇게 살아왔다. 나의 자아는 소리 없이 외출했다가 제자리를 찾으려 애썼다. 가만히 내 안을 들여다본다. 지금은 그 아련한 마음으로 서 있는 초라함을, 인생의 길을 모르는 건 먼저 간 남편이나 나나 마찬가지다. 선물 같은 삶을 보자기도 못 풀고 가을 앞에 서성인 체.

　어쩌다가 여기까지 온 것에 "감사합니다, 고맙습니다."를 외치며 초등학생처럼 고개 숙여 본다. '삶이 내게 말을 걸면', '미안하고 부끄럽다.'가 답이니, 내 안의 바람처럼 찾아온 나의 근원, 그 모름은 두려움 투성이가 맞다. 흔들리며 자리 잡지 못하는 자아를 더 깊게 들여다보지 못하고, 더 깊이 안아주지 못하고, 떨쳐 내었다. 어릴 적 엄마는 나를 두고 '헛똑똑이'라고 했다. 남이 보면 말짱한 나지만 속이 단단하지 못한 나를 어머닌 일찍 알아내었다. 당신 씨라 그랬을까. 그래도 아이 셋의 엄마이니 그게 나인 줄 알고 버렸으니 "감사합니다, 고맙습니다"란 말이 나온다. 아직도 아이들 타령인 나다. 그것 없이는 더 두려운 것일까.

　내 자아 속 영혼이 들려주는 이야기는 배고픔이다. 나를 모르는 배고픔. 겨울 땅속에 묻어져 봄볕에 싹을 틔우는 것처럼 누구도 못하는 나만의 성스러운 의식을 아직 모른다. 나를 향한 물음에 답을 찾는 안과 밖의 길은 같은가. 이 고유성이 나인데 미안하다, 부끄럽다는 말은 답이 못 된다. 그건 자신에게 무례하고 무책임한 말이다. 인생이 풀잎의 이슬은 맞지만, 이슬이 사라져도 삶은 아름다움으로 빛나야 한다.

가을걷이가 끝난 들판에 이삭의 한 톨이 나라도 봄이 되면 찬란한 새싹일 수 있다. 보리는 보리로 태어나니. 그걸 지금 배워도 나이면 된다. 봄이 아닌 가을 열매의 첫 페이지를 넘기더라도. 겨울 공허의 자리를 이겨내고, 나는 살아 있기도, 죽은 것 같기도 하겠지만. 모자람과 넘침, 낮과 밤, 의식과 무의식의 뒤엉킴, 욕망과 이성의 질곡이어도 한 발 딛고, 두 발 일어서고 있는 어두움 속일지라도 일어서는 나이면 된다.

파커는 자아를 찾아가는 길목에서, 내면의 본성이 말하는 것과 일치하는 행동에 관해 말했다. 조직이 원하는 삶과 자신의 삶을 개척해 가는 사이 두려움이 전하는 소리를 찾아갔다. 나만이 가진 고통과 아픔은 미안하고 부끄러워하는 자신을 찾아가는 일이다.

'월든'의 작가 소로는 2년여간 자신이 지은 통나무집을 지으며 말했다. "나는 절망을 주제로 시를 쓰는 게 아니고, 횃대 위에 올라앉은 아침의 수탉처럼 한번 호기 있게 울어보려고 하는 것이다."라고. 그는 인생을 의도적으로 살아보기 위해, 숲속으로 갔다. 인생의 본질적인 사실에 직면하기를 원했고, 인생이 가르치는 바를 살기를 원했다. 삶이 아닌 것을 살지 않으려고 애썼다. 다 살고 난 뒤 헛된 삶을 살았다는 건 내 삶이 아니다.

누구나 자신의 삶을 살아간다. 본성을 찾아가는 내면의 소리는 시작과 마지막이 연결되어야 한다. 내 안의 우주에 눈감으면 부끄럽고 미안한 삶이 된다. 내 인생이라는 이름을 찾아가는 길, 그것이면 바람을 만나도, 비구름을 만나도, 삽을 든 채 고꾸라지더라도 후회는 없을 것이다. 오늘도 시간의 얕은 강물은 흘러가더라도 그 강물은 나를 씻어주며 흘러갈 것이다. 삶이 내게 말을 걸어 올 때 나를 주문한다. 나는 누구이며 나의 것이 맞는지. 인생은 답이 없어도 나는 답을 찾아가는 길임을 날마다 느끼고 받아들이면서 부끄러움과 미안함을 조금씩 덜어 내면, 그 안에 만나고 싶은 내가 있을 것을 기대한다.

_김춘자

살고 싶은 삶

《인생에서 너무 늦은 때란 없습니다》

애나 메리 로버트슨 모지스. 수오서재, 2017

내가 모지스 할머니의 이야기를 접한 것은 15년 정도 되었다. 아이 셋을 키우며, 어떻게 살아가야 할지 막막할 때 아끼는 분이 나에게 '모지스 할머니' 이야기를 메일로 보내 주었다. 그녀는 1,860년생이니 지금부터 63년 전에 돌아가신 분이다. 첫 번째 눈에 들어오는 문장은 "76세에 그림을 시작했다.", "101세 돌아가실 때까지 작품활동을 하셨다."라는 것이다.

오십 대인 나에게 희망의 소리로 들렸다. '나도 일만하다, 아이들만 키우다가 갈 게 아니라, 하고 싶은 것 해보면 되겠구나.' 싶었다. 막연하게 '이렇게 살다 죽으면 너무 억울해.' 하고 있을 때 앞서 살다 간 모지스 할머니 삶은 나에게 용기가 되었다.

그녀는 만족스러운 삶으로 자신을 이끌었다. 원 없이 하루를 그림으로 채워가며 그것에 행복해했다. 그 충만한 삶은 그림 속에 '예쁘고 아름다운' 그림으로 표현되었다.

그녀의 그림 색상은 따뜻하다. 일상적인 생활이 이야기로 그려져 있어 누구나 감상이 수월하다. 할머니 그림은 집안 어느 곳에도 어우러진다. 그림은 친근함으로 금방 '모지스 할머니 그림'임을 알게 한다.

모지스 할머니의 이야기는 나를 떠나지 않았다. 내가 60이 넘어 대학원 입학 면접 시험해서, 입학해야 하는 이유를 '모지스 할머니의 이야기'로 대신했다. 애나 메리 로버트슨 모지스는 미국인이 가장 사랑하는 예술가로 손꼽히는 화가이다. 보통은 '화가 모지스 할머니'로 통한다.

당시에는 누구나 공부를 많이 하지 않는 시기이긴 해도 할머니는 학교에 다닐 나이에 밥벌이로 열두 살 때부터 남의 집 식모살이를 했다. 두 번째 집 식모로 간 집에 아이가 없어 동생도 데리고 가 함께 초등학교를 마쳤다. 그게 학교생활의 전부다.

지리 시간에 산을 엉망으로 그렸다고 하지만 '산 그림이 너무 예쁘다.'라고 담임 선생님이 그 그림을 가져도 되냐고 물었다. 모지스 할머니는 어느 날 도배를 하다가 벽지가 모자라 페인트칠을 벽에 한 후 나무를 한그루씩 넣은 풍경화를 그리고 햇살 가득한 호수로 완성했다. 사돈이 그림을 보고 세상에서 본 그림 중 제일 아름답다고 표현했다.

할머니는 그림을 정식으로 배우지 않았으나 아버지가 그림에 재능이 있었고, 그림을 그리는 시간은 많지 않았지만, 제재 없이 수시로 그림을 그려 왔다. 뜨개질할 때 어떤 색상을 선택할지, 어느 만큼 짜 나갈지의 구상은 그녀의 그림에 기본 바탕이 되지 않았을까? 하는 생각이 들었다. 이분의 삶을 보면서 아이들을 가르칠 때도 자유스러운 환경을 마련하는 것은 의식의 흐름을 막지 않는다는 생각이 새삼 들었다.

모지스 할머니는 세 번째 가정부 생활에서 남편 토마스를 만나는데 토마스 역시 고용된 일꾼이었다. 할머니는 101세까지 사는 동안 불평이 없는 주도적인 생활인이다. 그녀는 그림도 그렇게 시작했다.

공부해야 하는 필요성도 없고, 식모살이를 한다고 싫어하거나 힘들어하지 않고, 주변 가족 중 형제나 아이들이 많이 죽어도 연연해 하지 않았다. 먼 훗날 당신도 죽으면 부모님도 형제도 다시 만나고, 자녀들도 만나리라 생각하였다. 다만 남편이 할머니 67세 때 갑자기 협심증으로 죽었을 때 이야기는 달랐다. 건강한 남편은 평소와 다르게 할머니 옆에서 그림에 관심을 가지고 '잘 그린다고 칭찬'하고, 만약 이승으로 돌아온다면 할머니를 보살필 거라고 말했다. 할머니 역시 생과 사에서 '거스를 수 없는 힘이 존재'한다고 믿었다. 무슨 그림을 그릴 지 모르다가도 붓을 들면 알려주는 그 무언가가 남편이라 믿었다.

나는 남편이 가는 날을 알지 못했다. 할머니가 부부의 어떤 힘이 존재한다고 말했을 때 나 역시 아내로서 왜 알지 못했을까? 지금도 부부 인연에 관한 질문의 물음에 답을 구하지 못하고 있다. 내 남편은 가는 때를 알았는지, 친정 부모님께 용돈을 주고 왔고, 가기 전날까지 가계부를 써두어 서류 가방을 여니 자세한 목록이 목차처럼 있었다.

지금도 남편의 부재 속에 가끔 낯선 나를 만나고 인연에 대하여 스스로 질문을 한다. 남편은 내가 시 쓰는 것을 좋아하였다. 내 시화집마다 남편의 그림자가 있다. 날 믿어 주고 기다려주는 남편은 편안한 사람이었다. 그러나 남편을 지켜주지 못한 것 같은 마음은 여태껏 나를 아프게 한다. 부부의 교감과 영감을 나는 믿는다. 정녕 그러지 못하여 지혜롭지 못한 아내라고 생각하고 살아간다. 그 후 중요한 일에 늘 깨어있는 삶을 살려 애를 쓴다.

모지스 할머니는 남편의 도움을 받기보다는 부부를 '한 팀'으로 생각하였다. 남편 일거리가 줄었을 때, 처음 감자칩을 만들어 사업을 시작하여 큰돈을 벌었다. 남편을 돕는 과정의 작은 출발은 그녀를 사업가로 만들었다. 일상의 생활에서 그녀는 여자로서 아내로서가 아닌 태어난 생명으로 원하는 만큼 살아냈다.

네 살 때 본 푸른 잔디를 보고 맘껏 걷고 싶다했다. 아버지가 만든 썰매를 타고 눈밭을 신나게 누비기를 좋아했다. 오빠들이 지붕 위를 올라가면 지기 싫어 더 높게 올라갔다. 좋은 일 나쁜 일들이 있어도 겪어내야 하는 것으로 받아들였다. 받아들인다는 건 그녀의 마음폭이며 적극적으로 자신을 이끌어 주었다. 그녀 스스로가 삶의 교과서였다.

그녀에게 사탕수수 시럽, 버터, 설탕, 비누, 잼 만들기 등 일상의 삶들은 그림을 대하는 넘쳐나는 소재가 되었다. 두 번째 식모살이 때 바느질하기가 싫었으나 자꾸 하다 보니 익숙해지고 섬세해진다고 얘기하였다. 자신의 삶을 잘 소화하고 어린 시절을 아주 행복하게 받아들이고 추억했다. 그러한 소재들이 그림마다 이야기로 펼쳐졌다. 살아가면서 그리고 싶은 그림은 76세에 시작한다는 건 맞는 말이기도 하고 틀리기도 한 말이다. 그녀의 삶을 들여다보면 삶 자체가 그림 소재다. 그림을 그리지 않았다면 닭을 키웠을 것이라는 말처럼 그림이란 그녀 삶이었다. 생활 속에서 퀼트로 옷과 생활품을 만들었고, 예쁜 색상을 찾았고, 나이가 있어 관절이 불편하여 퀼트 대신 붓을 잡았다.

그녀가 유리나 나무토막에도 그림을 그렸다는 얘기는 그림그리기는 애초부터 수월하고 재미있는 일상이었다. 아무도 제지하지 않는 열여섯의 성숙하고 평온한 상태처럼 그녀는 죽는 날까지 그렇게 살았다. 무엇을 하기 위해 배우고 스트레스를 받는 흔적이 그녀에겐 보이지 않는다.

모티스 할머니는 76세에 그림을 시작했으나 그림은 그녀의 삶을 녹여낸 것이다. 그림을 전공 하지 않았으나, 하늘을 그릴 때 분홍그림을 그려보고 싶은 동경을 현실로 만들어 갔다. 현실의 삶을 살아낸 그녀는 자신의 영혼을 받아들이고 누구도 부러워하지 않았다. 백 년을 하루처럼 산 것 같다고 말했다. 그러니 자기 삶에서 더 이상의 행복은 없다고 믿었다. 누구나 지금 모지스 할머니처럼 살면 된다. 그러나 쉽지 않을 것이다. 우리가 나의 삶을 산다는 건 과거의 연장이며 그 안의 경험과 긍정의 지혜는 자기만의 몫이기 때문이다. 평생을 예쁜 그림으로 그려냈다.

대지의 색감을 내 색으로 칠하는 삶을 살아내고, 오래된 오크통을 기억하여 색을 입히는 동안 인생을 행복이라 여겼다. 그런 할머니의 그림이 예뻐 '너도나도 그려달라.'는 주문이 쇄도했다. 89세에 트루먼 대통령의 초대도 받고, 언론의 유명세를 치르지만 스스로는 관심이 없었다. 자신의 해야 할 일과 하고 싶은 일을 상상하며 그림을 그려나갔고, 화가 모지스 할머니가 되었다. "난 76세에 그림을 시작했고, 80세에 개인전을 하고, 내 그림 천육백여 점은 대부분이 80이 넘어서 그린 그림이야. 난 100세까지 그릴 수 있었어. 아름다운 나의 삶에 행복했어, 인생은 스스로 만드는 것이야."

지금의 나를 살아가는데 신선한 울림의 회초리가 되어 준 책, 내 삶의 길을 가도록 해 주었다. 한 번의 삶에 주저앉을 뻔했던 나, 그러기에 인생 안에 햇살 같은 밝음을 꺼내어 쓰면 내 것이 된다. 오늘을 상상하는 힘은 과거 살아온 경험이 넘쳐나는 영감대로, 지금을 살아가면 된다. 그 많은 씨앗을 주워 펠 힘을 배워간다.

　나이가 들어간다는 의미는 겸손을 실천하는 것이라 좋다. 늙어간다는 말은 자신에게 좀 더 단단해지는 기회를 준다. 못다 익은 열매는 다시 배우고 다져지면 된다. 오늘을 살아 그 안에 느껴지는 삶을 시로 채워보는 인생을 살아간다. 내 안의 영혼은 영감이라는 물을 긷고 있다. 또 한 번 퍼 올리는 한 모금의 물맛을 함께 나눠 마셔보고 싶다. 오늘은 매일의 시작이 된다. 지금이 가장 좋은 나이다.

_김춘자

느림 속에서
두 번째 나비를 꿈꾸다

《꽃들에게 희망을》트리나 폴러스. 소담출판사. 2017

나는 지금 느림의 나라 인도에 있다. 저 멀리, 초록 나무들이 아침 햇살을 받아 반짝이고, 잔잔한 바람에 실려 오는 새들의 노랫소리, 테이블에는 내가 좋아하는 모카빵과 뜨거운 아메리카노 한 잔, 천천히 흘러가는 이 시간 속에서 내 마음도 밖의 풍경만큼이나 고요하기만 하다. 그리고 5년이라는 세월 동안 한결같이 같은 생각에 잠기곤 한다. '나는 누구, 여기는 어디?' 이제는 적응이 될 법도 하지만, 늘 바쁘게 살았던 내게 아이들을 등교시키고 난 후 찾아오는 오전의 여유는 아직도 적응되지 않는다. 나를 변화시켰던 책 속의 애벌레들이 했던 말들이 생각이 난다.

"꼭대기에는 뭐가 있지? 우리는 어디로 가고 있
는 거지? 나도 몰라, 그런 건 생각할 시간도 없단
말이야!"

애벌레 기둥에 있는 나를 발견하다

늦은 결혼과 출산으로 남들과 같은, 아니, 뒤처지지 않을
교육을 한답시고 피곤한 남편과 어린 딸을 데리고 동네의 도
서관을 두고도 굳이 큰 도시의 도립 도서관으로 다닌 적이
있다. 어느 날 한 젊은 부부가 그대로 두고 간 책을 우연히
집어 든 적이 있는데 노란 표지에 줄무늬 노랑나비가 그려진
책이었다. 책 표지는 이렇게 소개되어 있다.

"이 이야기는 일부는 삶에 관한, 일부는 혁명에
관한, 그리고 대부분 희망에 관한 이야기이며 어
른들과 그 외의 사람들을 위한 것입니다. 글을 읽
을 수 있는 애벌레들을 포함해서."

재미난 표현이었다. 글을 읽을 수 있는 애벌레들을 위해
서라니…. 궁금증을 견디지 못하고 순식간에 책장을 넘기며
읽었다. 그리고 마지막 장을 덮는 순간, 나는 딸과 남편이 책

을 읽는 모습을 멍하니 바라보며 깊은 생각에 잠기고 말았다.

노랑 애벌레와 호랑 애벌레는 평범한 일상을 보내던 중 어느 날 알 수 없는 꼭대기를 향해 끊임없이 올라가는 거대한 애벌레 기둥을 발견한다. 애벌레들은 기둥을 따라 올라가면 무언가 중요한 것을 얻을 수 있다고 믿고, 서로 밀치고 짓밟으며 치열하게 경쟁한다. 함께 기둥을 오르던 노랑 애벌레는 이런 경쟁에 회의를 느끼고 기둥을 포기한다. 그러나 호랑 애벌레는 끝까지 기둥 위로 올라가면서 점점 더 많은 애벌레가 서로를 밀어내고 짓밟으며 끝없는 싸움을 벌이는 모습을 보게 된다. 그리고 결국 기둥 꼭대기에는 아무것도 없다는 사실을 깨닫고 절망하고 분노하며 내려온다. 노랑 애벌레는 우연히 번데기가 되어 나비로 변하는 늙은 애벌레를 만나게 되고, 자신도 번데기가 되기로 결심한다. 번데기가 된 노랑 애벌레는 고통과 인내의 시간을 견디어 마침내 아름다운 나비로 변신하여 자유롭게 하늘을 날아다닌다.

'글을 읽을 수 있는 애벌레는 바로 나였어!' 그리고 그때까지만 해도 평범한 직장 생활을 하며 애벌레처럼 살아오던 나는 회사에서도, 집에 돌아와서도 온통 책 속의 애벌레들 생각뿐이었다. 끝이 어디인지도 모르면서, 그리고 그 끝에 무엇이 있는지도 모르면서 애벌레 기둥에 합류하여 서로 떠밀리고 채이고 밟히면서 오르려고 발버둥 치는 애벌레들의 모습을 지울 수가 없었다. 그리고 어느 저녁, 나는 남편에게 용기 내어 말했다. "내가 직장을 그만두고 새로운 일을 시작하면 어떨까?" 놀랄 법도 한데, 남편은 아주 태연하게 내가 두려움과 떨림, 흥분으로 주저리주저리 하는 말들을 가만히 들어주었다. 그리고 단 한마디만 했을 뿐이었다. "해봐!" 남편의 고향은 경상남도 남해다. 무뚝뚝한 성격인 남편의 그 단어 속에는 내가 별도로 해석해야 하는 많은 의미가 담겨 있음을 나는 잘 알고 있다. 당신을 전적으로 믿는다, 해보고 싶으면 해봐라, 실패해도 울지 말아라.

애벌레 기둥을 내려오다

그렇게 나는 평범했지만 치열했던 회사 생활에 사표를 던지고 내가 바라고 꿈꾸던 새로운 삶에 집중했다. 아이들을 가르치는 일을 하고 싶었던 나는 살고 있는 아파트 방 하나에 공부방을 꾸며 과외를 시작했다. 전공이 달랐기에 아이들과 소통하기 위해 더 많은 노력을 했고 하루 두세 시간만 자며 교재 연구와 자기 계발에도 힘썼다. 하고 싶었던 일을 하니 마치 무거운 돌이 가슴에서 떨어져 나가는 듯한 해방감과 함께 한 발짝 더 큰 세상으로 나아간 것 같았다. 나의 열정은 방 한 칸에서 목 좋은 상가 3층으로 확장되었다. 입소문을 타고 온 아이들이 각 교실을 가득 채웠다. 내 안에 숨겨진 가능성을 발견했으니 더 많은 것을 할 수 있다는 자신감도 생겼다. EBS 강사로, 부모 교육 강사로 그렇게 내 꿈을 계속 확장했다.

처음 시작할 때는 아무도 내가 꿈을 이룰 수 있을 거로 생각하지 않았다. 심지어 나조차도 내가 목표에 도달할 수 있을지 의심이 들기도 했다. 때로는 실패와 좌절도 있었다. 하지만 그럴 때마다 중요한 것은 포기하지 않는 것이었다. 하루하루 작은 목표를 세우고 그것을 성취할 때마다 만족하지 않고 한 걸음 더 나아가려고 노력하니 조금씩 나는 강해지고 있었다. 노력하면 이룰 수 있다는 믿음은 우리 삶에서 중요한 진리 중 하나다. 누구나 처음에는 목표가 멀게만 느껴지고, 그 길이 험난하게 보일 수 있지만 그 여정을 꾸준히 걸어가다 보면 점차 내가 얼마나 많은 것을 이룰 수 있는지 깨닫게 된다. 책 속의 늙은 애벌레는 노랑 애벌레에게 말한다.

"애벌레이기를 포기할 만큼 날기를 원하는 마음이 간절해야 해."

희망과 가까워지기 위해서는 지금까지의 자신의 삶을 포기할 만큼 간절해야 한다. 그리고 기다릴 줄 알아야 한다. 애벌레가 나비가 되기 위해 고치 속에서 온전히 혼자 외로움을 감당하며 인내의 시간을 가져야 하듯, 우리도 그러해야 한다. 이룰 수 없는 꿈은 없다. 다만 꿈을 이루려는 간절함과 충분한 노력, 그리고 인내가 필요할 뿐이다. 오늘의 노력이 내일의 성공을 만든다는 믿음을 가져야 한다.

성공을 통해 얻는 것은 행복이다. 진정한 행복 역시 내 안에서 찾을 수 있다. 내가 잘하는 것이 무엇인지 찾기보다는, 내가 좋아하는 일, 내가 행복한 일이 무엇인지를 찾아가는 과정에서 비로소 답을 얻고 행복해질 수 있다. 남들이 가는 길, 남들이 인정하는 길이 아닌 나의 성장과 발전에 얼마나 열정을 다하며 만족하는가에 달린 것이다.

성공과 행복은 뻥 뚫린 고속도로가 아니기에 우리는 적당히 차가 막혀 불편한 구간도 지나야 하고, 어두운 터널도 통과해야 한다. 때로는 사고가 나더라도 차분히 일을 처리할 줄도 알아야 하며, 잠시 한눈이라도 팔다가 지나쳐 버린 길을 돌아보지 않고 다음 길을 향해 나아갈 수 있어야 한다. 그리고 내게도 차선을 변경해야 하는 일이 생겼다.

느림의 가치를 깨닫다

5년 전부터 나는 남편의 주재원 발령으로 인도 벵갈루루라는 도시에 와서 살고 있다. 한창 잘 되던 학원과 열정으로 이룬 꿈들을 포기하고 싶지는 않았지만, 아이들과 아빠를 헤어지게 할 수는 없었다. 나의 성공을 의미 있게 만드는 것은 바로 가족이라는 사실을 인정해야 했다. 가족이 곁에 있을 때 더 큰 목표를 향해 나아갈 수 있고 성공의 가치는 더 빛이 나게 된다는 사실도 말이다. 낯선 곳에서 살아야 한다는 두려움도 있었지만 나 자신에게 속삭이며 위안을 삼았다. '쉼 없이 달려왔으니 잠시 쉬어가도 괜찮아, 그리고 다시 용기를 내봐, 이미 새로운 여정을 시작할 준비가 되어 있어!' 더 나은 방향을 찾는 기회라고 생각하니 마음이 한결 가벼워졌다.

나무마다 흙먼지가 가득하고 빵빵거리는 오토바이들과 서민들의 교통수단인 릭샤들의 거침없는 역주행, 맨발로 다니는 아이들, 도로를 횡단하는 소들, 코를 찌르는 쓰레기 냄새, 느림으로 시작해서 느림으로 끝나고 마무리란 없는 이곳 인도를 과연 한 문장으로 표현할 수 있을까. 두려워할 것이 없고 뭐든 할 수 있다는 자신감으로 이곳까지 쫓아온 나였지만, 현재는 나도 느림을 배우는 중이다. 삶의 변화는 생겼지만 느림이 있는 이곳에서 새로운 꿈에 다시 도전하려고 한다. 늙은 애벌레가 노랑 애벌레에게 말했듯.

"삶의 모습은 바뀌지만, 목숨이 없어지는 것은 아니야."

변화된 삶 속에서, 그리고 애벌레 기둥을 만들고 있는 이곳의 수많은 애벌레 속에서 나는 다시 나비가 되기 위한 나의 희망을 찾으려 한다. 모카빵과 뜨거운 커피로 살찌운 나의 여유로움이 헛되지 않도록. 희망 없는 정상을 향해 다시 죽어라 달리는 일은 없도록.

_박소민

행복 레시피

《즐거운 어른》 이옥선. 이야기장수. 2024

'나는 잘 살고 있는가?' 가끔은 내가 잘 살아가고 있는 게 맞는지 의문이 들 때가 있다. 아마 누구나 그럴 것이다. 어른다운 모습은 어떤 건지, 나이가 들면 어떻게 살아야 하는지도 말이다.

인도에서는 그냥 나를 '마담'이라고 부른다. 나이, 결혼, 노인 여부와 상관없이 어른쯤 되어 보이는 여자는 그냥 마담이라는 호칭으로 통일한다. 불편한 호칭이었지만 익숙해졌다. 한국에서는 아줌마 소리를 들으면 그렇게 부른 사람들, 심지어 아이들도 째려보기까지 했다. 요즘은 아줌마라고 부르면 어떻고 이모라고 부르면 어떻고, 호칭 따위에 연연하지 않은 지 오래되었다. "나에게 관심 가지는 사람은 나밖에 없음에 안도하며" 최근에 나는 이 말을 떠올리며 스스로 안도하는 삶을 살고 있다. 《즐거운 어른》 책의 70대 할머니 작가가 한 말이다. 할머니답지 않은 할머니, 당당한 할머니, 그야말로 즐거운 어른!

작가는 남편을 떠나보낸 후 평범한 일상에서 재미와 여유를 만끽하며 멋진 삶을 살고 있다. 잔소리해야 할 자식들은 각자의 삶을 잘 살고 있고, 아끼며 돈을 모아야 하는 상황도 아니고, 보기 싫은 상사가 있는 직장에 다니면서 스트레스받을 일도 없는, 그저 꿈이 있다면 고독사하는 게 꿈이라고 한다. '어른'이라는 단어가 주는 무거운 이미지에서 벗어나, 자유롭고 긍정적인 노년을 살아가는 모습을 보여준다.

현재의 삶에 만족하고 자신의 삶을 누구보다도 즐겁게 살아가는 작가의 모습에서 덩달아 흐뭇해지고 행복해진다. 세월이 가고 노년을 맞이하게 될 두려움을 즐겁게도 살아갈 수 있구나 하는 생각마저 들게 한다. 어쩌면 내가 바라던 어른의 모습일지도 모른다. 평범한 삶을 여유 있고 즐겁게 살아가는 진정한 어른 말이다.

인간관계에 연연하지 않고 혼자 사는 법

인도에 오기 전까지 쉬지 않고 워킹맘으로 지내면서 부러우면서도 하고 싶지 않은 일이 한 가지 있었다. 아이를 등교시키고 나면 대충 차려입은 모습으로 프랜차이즈 빵집에 삼삼오오 앉아 달달한 모닝커피를 마시며 시간을 보내는 일이다. 나는 그렇게 시간을 낭비하지 않으리라 다짐했었다. 남편을 따라 인도에 오면서 나는 자연스레 경단녀가 되었다. 그리고 내가 그리도 싫어하던 삼삼오오의 대열에 자연스럽게 합류했다.

아이 교육을 위한 정보 공유가 필요하다는 이유로, 혹은 낯선 땅에서 아이에게 친구를 만들어 주기 위해서라고 생각했지만 지나고 보니 결국 나를 위한 것이 아니었나 싶다.

낯선 땅에서 이웃들과 맛집도 공유하고, 속속들이 가정사도 공유하고, 음식도 나누고 정도 나누며 그렇게 한국 엄마들과 친하게 지냈다.

'여자 셋이 모이면 접시가 깨진다!' 이런 말은 우리 사회 양성평등을 저해하는 말이라 자제해야 하는 말이라지만, 딱히 떠오르는 말이 없다. 자랑하고, 경쟁하고 험담하고, 결국 1년쯤 지나고 나니 보이지 않는 분열이 생기기 시작했다. 나는 한국인이 적은 다른 동네로 이사를 하면서 나와 맞지 않는 불편하고 피곤한 일에서 벗어났다. 이웃 엄마들을 의식하지 않아서 좋았고, 몸도 마음도 여유가 생기니 평화로웠다. 8개월쯤 지났을 때, 나를 미워한다는 한 엄마가 아무렇지 않은 듯 반갑게 전화했다. 얼떨결에 점심 약속도 해버렸다. 최근에 읽었던 작가의 말도 생각이 났다.

> "너무 애쓰지 말고 뭔가 불편한 일이 있으면 이것부터 해결하는 방법으로 살면 소소하게 행복할 것이다."

어차피 한 번은 만나야 한다고 생각은 했으니, 나도 이번 참에 불편함을 덜고 싶기도 했다. 이상하게 약속 날짜를 기다리며 설레는 나를 발견했다. 분명 나를 미워한다던 사람인데 말이다. 즐거운 어른이 들려주었던 이야기에 나는 이미 마음이 많이 누그러져 있었나 보다.

> "나이를 이만큼 먹고 곰곰 생각해 보니 모든 것은 이미 지나갔거나 지나가고 있거나 지나갈 것들이다. 그러니 인간끼리의 관계를 너무 심각해하지

말고 가뿐하게 생각하고 유연한 마음으로 서로를
대하는 게 좋지 않겠나 싶다."

  살면서 처음으로 이웃과 도란도란 지내면서 남은 것이라
곤 상처밖에 없다고 생각했는데, 인간관계를 심각하게 받아
들이지 않고 각자의 삶의 방식을 인정해 주니 마음이 편안
해진다. 상처받을 시간에 책 한 줄 더 읽고 내가 원하는 삶이
무엇인지 생각하고, 나를 위해 집중하며 시간을 보내다 보니
더욱더 성숙해지는 나를 발견하게 된다. 나의 가치가 높아지
면, 나의 가치를 알아주는 가치 있는 사람들과 만나게 될 것
이다.
  철학자 에리히 프롬은 말했다.
  "사람은 사람과 사람 사이에서 혼자 살아가는 법
  을 배운다."

엄마의 노년에도 꽃이 피기를

  영양제 한 줌을 입에 털어 넣고 따뜻한 레몬 물 한 컵을
마신 뒤에야 나는 할 일을 모두 마친 사람처럼 그 자리에 가
만히 서 있는다. 건강에는 자신이 있다고 생각했다. 나이를

먹는다는 것이 무엇인지 생각해 본 적 또한 없다. 그러나 나는 영양제를 먹지 않으면 하루가 불안하고 어딘가 모르게 피곤한 하루가 되는 것 같아 어느새 그것에 의지하며 살고 있다. 그리고 영양제를 꾸역꾸역 챙겨 먹을 때마다 엄마 생각이 난다.

30대 초반쯤에 충북 제천에 있는 엄마 집 가까운 곳에 작은 아파트를 얻어 지낸 적이 있다. 저녁을 먹으러 자주 들렀는데, 어느 날 냉장고 문을 열었더니 병원에서 처방받은 이름 모를 약병들이 가득했다. 냉장고 속 약의 출처를 묻기는 했으나 아무렇지 않게 얘기하는 엄마의 대답에 나도 애써 더 묻지 않고 문을 닫아버렸다. 한참이 지나고야 알게 된 사실로, 그 약들은 갱년기 증상과 우울증이 있는 사람에게 처방해 주는 약이었다. 아이를 키우면서 나도 이제 갱년기라는 단어와 친숙해지다 보니 엄마의 약병들이 자꾸 생각이 난다. 그리고 지금의 내 나이쯤이었을 엄마는 그 힘든 시기를 혼자서 어떻게 버티었을까를 생각하면, 자다가도 가슴이 답답할 만큼 후회가 된다.

괜찮냐고, 힘들진 않냐고, 도와줄 일은 없냐고 말이라도 따뜻하게 해주고 친구처럼 옆에 있어 주었다면 얼마나 좋았을까 하고 말이다. 무심하게 냉장고 문을 닫아버린 나 자신을 용서하지 못했다. 즐거운 어른의 이야기에 다시 위안을 삼아본다.

"살면서 내가 저질러온 멍청했던 짓들을 생각하면 이불킥을 하게 되지만, 그때 그 일을 기억하는 사람은 나밖에 없을 거라는 생각을 하면 마음이 좀 편안해진다."

요즘 엄마는 다리가 아프다. 산에도 자주 다니고 친구들과 가벼운 여행도 잘 다니셔서 방심하고 있었는데 엄마에게도 이제 제대로 노환이라는 게 찾아오나 보다. 그냥 보통의 주부로 살아온 나의 엄마는 대체 얼마나 많은 것들을 포기하면서 또 갈망하면서 지냈을까. 하고 싶은 이야기들은 또 얼마나 많을까. 과연 지금 나의 엄마는 즐거운 어른으로 살아가고 있을지. 엄마의 갱년기는 놓치고 말았지만, 다리가 아픈 지금의 엄마를 다시 놓치지 말아야겠다고 다짐하면서도 즐거운 어른이 들려주는 이야기에는 내가 반성해야 할 부분이 너무도 많다.

고등학교를 졸업하고부터 나는 독립해 살았는데 독립 2년쯤 되었을 때 엄마는 나를 불러 노트 한 권을 주었다. 평소 내가 좋아하던 엄마의 요리들을 빼곡히 적은 레시피였다. 당시 우리 집은 여러 가지 이유로 상황이 좋지 않을 때였다. 딸을 생각하며 꾹꾹 눌러썼을 엄마를 생각하면 아직도 가슴이 먹먹해진다. 그리고 아주 가끔 괜히 뭔가 답답하고 애매하게 울적한 날이 있다면, 일부러 그 노트를 꺼내어 보며 한바탕 울어버린다. 그러면 속이 시원해지고 마음이 편안해진다.

엄마의 하루가 아침 햇살처럼 따뜻하게 열리길, 작은 일에도 미소 짓고, 향긋한 차 한 잔에도 마음이 따뜻해지길, 그렇게 충분히 만족스러운 날들, 모든 순간이 즐거움이 되어 나의 엄마 곁을 떠나지 않기를, 엄마의 노년이 고요하지만, 환한 빛으로 가득 차 하루하루가 꽃처럼 피어나기를 바라본다.

평범한 하루에 만족 첨가하기

누군가는 삶이 지루하다며 불만을 표하지만, 누군가에게는 평범한 삶이 목표이고 희망일 수도 있다. 그러한 평범한 삶을 살아간다는 것의 중요성을 우리는 종종 잃어버린다. 진정한 행복은 눈에 띄지 않는 작은 일상에서 얻을 수 있다. 아침에 눈을 떠 가족과 함께하는 시간, 좋아하는 커피를 마시며 느끼는 잠깐의 여유, 고된 일을 마치고 퇴근할 때 느끼는 노곤함, 좋아하는 책을 읽을 때 몰입하는 평범한 일들 말이다.

작은 것들을 소중히 여기고 감사할 줄 아는 마음가짐을 가진다면 매일 더 많은 행복을 찾을 수 있다. 많은 것을 이루지 못했다고 해서 부족한 삶을 살고 있는 것도 아니다.

내가 걸어온 길을 돌아보면 분명히 어려움도 있었고, 실패도 있었다. 하지만 그 모든 경험들이 지금의 나를 만들었고, 또한 그 과정에서 많은 것을 배울 수 있었다. 잘 살고 있다는 것은 이런 어려움을 어떻게 극복했는지, 그리고 그 과정에서 나는 얼마나 성장했는지에 대한 평가라고 생각한다.

결국, '나는 잘 살고 있는가?'에 대한 답은 나만이 찾을 수 있다. 내가 추구하는 가치와 삶의 목적이 일치하고, 내 마음속에 행복과 만족감이 있다면, 나는 잘 살고 있는 것이다. "중대한 것은 바로 그 일상을 잘 유지하는 것임을 알게 됐다."라는 작가의 말처럼 평범한 삶 속에서 행복을 찾으려고 노력하면 된다. 너무 잘 살려고 애쓰지도 말고, 일상을 유지하기 위해 노력하고 '만족'하는 삶을 배운다면 나도 즐겁고 당당한 어른이 될 수 있다.

_박소민

나를 단단하게
만드는 기억

《기억 전달자》로이스 로리. 비룡소. 2007.

    이웃 언니의 아들이 유명한 명문대를 나와서 모 대기업에 연구원으로 취직했다. 그런데 그곳에서 연구하는 것 중 하나가 젊어지고 건강해지는 알약, 그리고 알약 하나로 밥 한 끼를 해결하는 그러니까 먹으면 배도 고프지 않은 뭐 그런 거라고 한다. 믿기는 어려웠으나 내가 어릴 적 그 흔한 물을 사 먹을 거라고 상상도 해보지 못했으니 못 믿을 이유는 또 없다. 물뿐인가. 요즘은 산소도 사 먹는 시대가 오고야 말았다.

    음식을 먹을 때 느끼는 그 즐거움과 행복이 얼마나 큰데, 잘 차려진 밥상 대신 고작 알약 하나로 그 행복을 없애고 통제하려 하다니. 대기업에 대한, 그리고 사람에 대한 배신감이 드는 건 어쩔 수가 없다.

우리는 기술과 제도의 발달을 통해 더 안전하고 편리한 삶을 살 수 있지만, 그 과정에서 인간의 본질적인 가치를 잃지는 않을까. 알약 하나로 식사를 대신한다면 요리하는 시간도, 메뉴를 선택해야 하는 일들에도 에너지를 쏟지 않아서 좋기는 하겠지만 먹을 때 느끼는 그 행복의 감정은 어쩌란 말인가.

감정, 기억, 자유는 때로는 고통스럽고 위험할 수 있지만, 만일 그러한 것들이 없다면 인간다운 삶이 가능할까. 로리의 《기억 전달자》는 이러한 문제를 생각하게 만든다. 감정과 기억은 고통과 맞닿아 있지만, 그것이야말로 우리가 진정으로 살아가게 하는 중요한 요소라는 점을 알려준다.

소설의 배경이 되는 공동체는 평화와 안전을 위해 모두가 태어날 때부터 정해진 규칙대로 살아야 한다. 사람들은 가족, 직업을 포함한 어떠한 선택의 자유도 갖지 않는다. 가족 구성원은 엄마, 아빠, 자녀는 남자아이 한 명, 여자아이 한 명, 이렇게 구성되는 것이 규칙이다. 심지어 그 자녀들도 부부가 직접 낳은 것이 아니라 산모 직업을 가진 여성이 낳도록 정해져 있다. 공동체는 사람들이 고통스러운 경험을 하지 않도록 과거의 기억을 완전히 삭제한다. 하지만 그 과정에서 사람들이 잃게 되는 것은 단순한 고통뿐만 아니라, 진정한 감정과 인간다운 경험들이다. 기억을 없앰으로써 사람들은 슬픔과 아픔을 피할 수는 있지만, 동시에 기쁨과 사랑, 그리고 진정한 행복까지도 느끼지 못하게 된다.

> "우리들이 그쪽을 선택했어. 늘 같음 상태로 가는
> 길을 택했지. 하지만 동시에 많은 것들은 포기해
> 야 했단다."

놀라운 사실은 그들 스스로가 바로 이 감정이 통제된 사회를 '선택'했다는 것이다. 고통은 차라리 없는 편이 좋을까. 다름은 나쁜 걸까. 안전과 사회 질서를 위해 인간의 기본적인 감정과 선택의 자유는 없어도 되는 것일까. 통제받지만 안전한 사회, 고통과 위험이 따르지만, 감정과 자유가 있는 사회. 이러한 의문들에 과연 답은 있는 것일까.

쓰라린 과거가 지혜의 뿌리였더라

학창 시절 우리 집은 형편이 그리 좋은 편이 아니었다. 내가 반장 임명장을 들고 갈 때마다 엄마는 한 번도 반기거나 좋아해 주지 않았다. 당시 반장이 되면 엄마는 자주 학교에 가야 했는데 돈이 많이 필요했기 때문이다. '태어나 보니 아빠가 이건희'라는 말을 친구들과 나누며 부자들을 부러워한 적이 있는데, 정작 부자는 고사하고 당시 막 유행하던 햄버거를 주말마다 사 먹는 그 친구들이 나는 더 부러웠다. 어느 날 담임 선생님이 쥐여 준 대학 합격 통지서를 들고 너무 흥분하여 집으로 뛰어 들어갔는데, 그걸 받아 든 엄마는 한참을 말없이 바라보다 결국 찢어버리셨다. 지방에 살았던 내가 서울까지 올라가면 학비와 하숙비를 도저히 감당할 수 없었던 것이다. 어린 마음에 나는 상당한 충격을 받았다.

대학을 포기할 수 없었기에 홀로서기 선언 후 독립했다. 저녁에는 과외하고 새벽에는 가락시장에서 발주 아르바이트를 했다. 해가 뜰 무렵에야 고시원으로 향하는 길, 억울하게 반짝이는 불빛과 다양한 크기, 모양의 집들을 보면서 '그냥 모두가 평등한 사회였으면 좋겠다.'라고 외치며 수많은 날을 눈물로 지새웠다. 그렇게 억척스럽게 나는 대학을 졸업했다.

당시를 회상하면 내가 참으로 불행한 기억을 가진 인간이라 여겨왔는데, 어느 날 접한 《기억 전달자》라는 책을 통해 불행한 기억이라 할지라도 그 기억이 없다면 더 불행한 삶이라는 것을 깨닫고 마음을 다잡았다. "기억은 우리에게 지혜를 주기 때문이란다." 그때의 내가 있었기에 지금의 내가 있다는 것도, 표현은 그러했지만, 딸을 원하는 학교에 보내주지 못하는 자신에 대한 원망과 속상함이 더 컸을 부모님이 계셨기에 지금의 내가 이만큼 성숙해진 것도 말이다. 웃음보다 눈물이 더 많았던 시간, 어둠 속에서 나를 찾아가던 길이 언제나 험난했지만, 그 모든 기억이 나를 강하게 만들었다. 불행 속에서 피어난 꽃처럼 나는 그 기억과 시간을 딛고 더 높이 자랐다. 불행한 기억은 내 강함과 지혜의 뿌리가 되었음에 감사한다.

내가 통제하는 작은 사회

"마을에 속한 주민이 '임무 해제' 명령을 받는다는 건 최종 판결이자 끔찍한 처벌이며 되돌릴 수 없는 실패를 선고받는 것이었다."

책에서 표현된 "임무해제"란 '죽음'을 표현한 다른 말이다.

장애가 있거나, 사회에 적응하지 못하거나 규칙을 어긴

사람, 그리고 일정한 연령이 되면 그들은 임무 해제를 당한다. 임무해제의 의미를 나중에야 깨달았을 때 너무 충격이었다. 인간에 의해, 그리고 그들의 선택에 의해 태어남과 죽음까지 철저하게 통제당하고 다름을 인정하지 않는 사회, 다름을 인정하지 않으면서 평등하고 불행이 없는 사회가 과연 옳은 걸까.

30대 중반까지 나는 심각한 결벽증이 있었다. 모든 것이 있어야 할 자리에 있지 않으면 견디지 못했다. 사회생활을 위해서라도 나는 스트레스를 각오하고 한동안 고생을 한 뒤에야 조금씩 나아질 수 있었지만, 완전히 고쳐지지는 않았다.

세 살 차이 남매에게 같은 옷을 입게 하거나, 제자리에 두지 않은 장난감들을 버려서 아이들을 울린 적도 여러 번이다. 아이들이 사용하는 물건들을 내 기준에 맞추어 정리하고, 아이들의 공부와 독서 또한 내 기준과 시간에 맞추어 계획한다. 아이들을 위한 일이라며 거의 모든 것들을 간섭하고 잔소리한다.

어린 시절 형편이 좋지 않았던 나의 삶과 기억을 아이들에게 전해주고 싶지 않다는 이유로 불행한 일도, 힘든 일도 아이들이 근처에 가지 못하도록 안간힘을 썼다. 아! 글을 쓰다 보니 아이들에게 기본적인 감정과 선택, 자유를 주지 않은 나는 얼마나 어리석은 엄마인지. 평화와 안전이라는 이유로 가정이라는 사회 속에서 아이들을 철저하게 통제하고 있었다. 스스로 날아오를 수 있는 아이들을 내 감정과 조바심으로 아이들의 날개를 무겁게만 했다.

기억이 가지는 진정한 의미

주인공 요나스는 공동체에서 유일하게 기억을 가지고 감정을 느낄 수 있는 '기억 전달자'라는 특별한 임무를 맡게 된다. 그리고 기억의 수요자로부터 과거의 기억을 전달받으며 진정한 인간다움이 무엇인지 깨닫기 시작한다.

그가 이전 세계의 기억을 전달받으면서 느끼는 감정들은 단지 고통스럽거나 슬픈 것들만이 아니다. 사랑과 따뜻함, 그리고 진정한 인간관계의 깊이를 처음으로 경험하게 된다. 이 부분을 읽으며 나는 '기억'과 '감정'이 인간다움의 본질적인 요소임을 비로소 깨달았다.

요나스가 기억을 가진다는 것은 고통을 감수하는 것이기도 하지만, 동시에 인간답게 살 수 있는 유일한 길인 것이다. 요나스가 전달받은 기억을 통해 성장하고, 공동체를 벗어나기로 결심하는 과정은 기억이 단순히 지나간 일들을 떠올리는 행위가 아니라, 우리가 삶을 살아가는 데 매우 중요한 나침반이라는 점도 보여준다.

현대 사회가 추구하는 안전과 편리함 속에서 우리가 놓치고 있는 것이 무엇인지, 기억이 가지는 의미가 무엇인지 고민하게 되고, 이를 통해 나 자신을 돌아보는 계기가 되었다.

가끔 아무 생각도 없이 그냥 이대로 시간이 멈춰버렸으면 좋겠다, 그냥 누군가 내 인생을 정해주고 그대로만 살았으면 좋겠다고 말한 나 자신을 후회한다. 불행했던 지난 일들을 떠올릴 때면 그때의 그 시간이 내 머릿속에서 지우개로 깨끗하게 지워져 버렸으면 좋겠다고 느낀 적도 있다. 비록 고통을 동반한 기억일지라도 그 기억이 가지고 있는 감정의 가치가 얼마인지도 모르고 겁도 없이 내가 그런 생각을 했다.

얼마 전 시어머니가 치매와 알츠하이머병 진단을 받으셨다. 평소 셈도 정확하시고 아들의 어린 시절 일상들을 시시콜콜 이야기해 주실 만큼 기억력도 좋으셨기에 충격은 더 컸다.

기억이란 단단하게 다져진 성벽과도 같다. 그러나 어느 날, 작은 틈새로 낯선 안개가 스며들기도 한다. 예고도 없이, 소리도 없이, 기억의 성벽에 자리를 잡는다. 그 안개는 반갑지 않은 손님처럼 어느새 어머니 곁에 자리하고, 점점 더 깊이 파고들어 소중하게 간직했을 기억을 하나씩 흐릿하게 가려버린다. 마치 오랫동안 보관해 온 사진첩에 누군가가 조용히 발자국을 남기는 것처럼, 어머니의 추억 흔적들이 하나둘 사라져간다.

소중한 기억을 잃어가고 있는 나의 시어머니, 하루하루 희미해져 가는 순간들 속에서도 가장 아름답고 행복한 기억과 흔적들로만 어머니의 하루가 가득 채워지기를 바란다.

_박소민

나를 혁신하는 것들

《승화》 배철현. 21세기북스. 2020

고전문헌학자인 배철현 교수님이 저술한 "위대한 인간" 시리즈 중 하나인 『승화』는 내가 매년 읽는 책 중 하나이다. 위대한 인간 시리즈는 심연, 수련, 정적, 승화의 4권으로 이루어져 있으며, 이는 알-애벌레-번데기에서 나비가 되어가는 과정에 비유된다.

승화는 번데기에서 나비로 탄생하기 위해 겪어야 하는 자기 혁신에 대해 28개의 단어로 설명하고 있다. 내가 보는 나는 누구인지, 품위 있는 나를 만드는 법, 언행일치와 위대한 변화의 시작에 대해 고민할 수 있는 책이다.

고통, 내 실력을 발휘할 기회

"고통은 나도 알지 못했던 실력을 발휘할 기회다. 우리 자신을 개조하기 위해 우리는 반드시 고통과 아픔이라는 잔인하지만, 필수불가결한 과정을 거쳐야 한다. (중략) 우리가 겪는 지금의 이 고통은 새로운 인간으로 다시 태어나기 위한 훈련이다."

어떻게 고통이 나의 실력을 발휘할 기회인가? 고통이 없는 게 더 좋은 삶이 아닌가? 평탄하고 평평한 길을 걸으며 살아가는 사람도 많은데 왜 고통이 실력을 발휘할 기회이며 필수불가결한 과정인지 이해가 되지 않았다. 하지만 이건 나의 어리석고도 짧은 소견이었다.

요즘 나는 꽃을 보면 사진을 찍는다. 이쁜 꽃의 모습에 절로 웃음이 지어지곤 한다. 꽃은 보고 있노라면, 가끔 꽃향기를 따라 날아오는 나비를 발견하곤 한다. 난 이렇게 자유롭게 날아다니는 나비가 예전에는 애벌레로 바닥에 붙어살았다는 것이 신기하기만 하다. 분명 기어다니는 애벌레였는데, 어느 순간 하늘을 훨훨 날아다니며 자유를 만끽하는 나비가 부럽기도 하다. 하지만, 이 부러움은 나비가 되기까지의 고통을 모르기에 할 수 있는 배부른 소리다. 애벌레가 나비가 되기 위해서 꼭 거쳐야 하는 관문이 있다. 바로 번데기이다. 이 번데기는 겉에서 보면 아무런 미동도 없지만, 그 안에서 나비가 되기 위해 무던히도 노력한다. 번데기의 시절은 나비에게는 암흑기지만, 그 시절을 잘 버텨야만 이쁜 나비가 될 수 있고 자유롭게 날아다니는 자유를 얻을 수 있다. 이렇듯 번데기 시절은 고통을 이겨내고 화려한 나비의 변모로 이루어 내는 필수불가결한 과정이다.

나에게도 번데기와 같은 암흑기 시절이 있었다. 2016년부터 약 6년간이 그 시절이었다. 갑자기 우리 부모님께 경제적인 문제가 생기면서 빚이 생겼으며, 나는 이제 막 태어난 아이를 홀로 키워야 하는 상황이었다. 아직 돌도 되지 않은 아이와 함께 살 집을 구해야 했고, 산후조리도 채 하지 못한 몸을 이끌고 회사에 나가 일을 해야만 했다. 육체적, 정신적, 경제적으로 나에겐 이 시기는 혹독한 겨울이었다.

그 시절 나는 늘 제자리에 있는 듯했다. 아니 제자리가 아닌 지하로 들어가는 것 같아 불안했다. 나에게 이 암흑기를 돌파할 무기가 필요했다. 슬퍼하거나 우울해하는 것조차 사치로 느껴졌던 시절이었다. 그래도 배운 게 도둑질이라고 내가 할 수 있는 거라곤 공부밖엔 없었다. 왜 나에게 이런 일들이 일어났는지, 내가 어떻게 이 슬픔을 감당해야 하는지 알아야 했다. 그래서 수많은 자기계발서, 경제서, 심리서 같은 책들을 손이 잡히는 대로 읽었다. 내가 내린 결론은 나만의 생활 습관, 루틴을 만들어야 한다는 것이었다. 매일 새벽에는 책 읽기와 공부를 하고, 저녁에는 하루도 빠지지 않고 운동을 했다. 제자리에서 맴도는 것 같은 나의 삶도 조금씩 변화하기 시작했다. 몇 년 동안 노력해도 빠지지 않던 살이 정상 기준까지 빠지게 되었고 여기저기 아프던 내 몸이 건강해졌다. 그리고 끝날 것 같지 않던 공부를 마치고 박사학위도 취득하였다. 이 시절은 나에게는 번데기의 시절이었다.

고통은 누구에게나 기분 좋은 단어는 아닐 것이다. 하지만 나에게 고통이 없었다면, 나는 나를 변화하려고 하지 않고 현실에 안주하며 살아지는 대로 살았을 것이다. 약 6년간의 고통이 나를 변화할 수 있는 원동력이 되었다. 돌이켜보면 그 시절 힘들었지만, 이 고통이 언젠가는 내가 나비가 될 때 큰 힘을 실어줄 것이다. 고통의 6년을 그 시절에는 증오하고 원망하지만, 지금은 그 고통에 감사를 표한다. 고통의 6년은 내가 나비로 날아가는데 자양분이 되어 주었기에.

취미, 나를 알려주는 좌표

"누가 나에게 "당신은 누구입니까?"라고 묻는다면 나는 뭐라고 대답할까? 나는 내가 자주 하는 것. 취미라고 서슴지 않고 대답할 것이다. 다른 사람의 강요도, 방해도 받지 않고 나 스스로 선택한 그 일이 나를 정의하기 때문이다."

나는 예전에는 처음 보는 사람들이 모인 곳에 가는 것이 두려워했다. 낯선 사람들이 두려운 이유를 곰곰이 생각해 보면 처음 보는 사람들이 모인 곳에 가면 내가 누구인지 소개해야만 했기 때문이었다. "나는 OOO에 근무하는 OOO입니다."라고 말하고 나면 그 뒤에 나를 무엇이라고 표현해야할지 막막하기만 했다. 만약 내가 그 회사에 다니지 않는다면? 그럼 나를 어떻게 소개할 수 있을까? 나를 직업으로만 소개할 수밖에 없는 것일까? 나는 무엇을 좋아하고 어떤 신념으로 살아가고 있는 것일까? 라는 생각이 들 때가 있었다.

취미는 이상한 힘을 지닌 듯하다. 누가 돈을 주는 것도 아닌데, 나의 시간과 돈을 쓰면서 그 속에서 재미를 찾고 있으니 말이다. 결국, 취미는 누구의 강요도 없이, 걱정도 할 필요 없이 내가 나를 위해 정기적으로 시간을 투자하는 것이기에 나를 가장 잘 표현한다. 나는 요즘 사람들이 흔히 말하는 '취미 부자'이다.

독서는 성인이 된 이후 내가 가진 첫 번째 취미 생활이었다. 이왕 생긴 취미이니 본격적으로 해 보고 싶었다. 이때 내가 발견한 것이 '김미경의 북 드라마'라는 유튜브 채널이었다. 이 채널을 통해 나는 내 생의 최초로 처음 보는 사람들과 독서 모임을 했다. 일면식도 없는 사람들과의 첫 만남은 아직도 나에게 두려움으로 기억된다. 하지만 그것도 잠시뿐. 같이 책을 읽고 책 읽은 것을 나누면서 나는 그 사람들과 허물없이 많은 이야기를 나눌 수 있는 사이가 되었다. 김미경의 북 드라마는 일주일에 한 권씩 책을 다양한 분야의 책을 추천해 주었는데, 그 책들을 읽으면서 내가 좋아하는 것이 무엇인지 알 수 있었다. 공상과학 소설만 읽던 나였으나, 다양한 분야의 책을 읽다 보니 나는 심리학, 철학 같은 인문과학 분야를 더 좋아했다. 생명공학을 전공하는 내가 대학 때 심리학을 복수 전공으로 선택한 것이 어쩌면 우연이 아니었다는 생각이 들었다.

요즘 푹 빠져 있는 취미는 뜨개질과 공연 관람이다. 내가 뜨개질을 좋아하는 이유는 사람들에게 저렴하면서도 성의 있게 보일 수 있는 선물이기 때문이다. 나는 선물을 할 일이 생기면 그 사람에게 어떤 것이 잘 어울릴지를 고민한다. 그 고민부터가 나를 설레게 하고 행복하게 한다. 얼마 전 어버이날에는 우리 아들을 이뻐해 주시는 동네 할머니들께 카네이션을 떠서 선물해 드렸다. 그냥 소소한 선물이지만 그 선물을 보고 기뻐하시는 할머니들을 뵈니 나 또한 행복했다. 책을 좋아하는 내 친구에게는 직접 뜬 책갈피를 선물했고, 겨울을 따뜻하게 나길 바라며 내 주변 사람들에게 목도리를 선물했다. 내가 직접 뜬 소품이나 목도리를 받고 기뻐하는 사람들을 보면 나 또한 마음 한구석이 따뜻해짐을 느낀다. 나에게 뜨개질은 단순한 취미 생활이 아닌 사람들과 소통하는 창구인 셈이다.

공연을 보러 가는 것의 핑계는 언젠가 극작가가 되어 내가 쓴 희곡을 무대에 올리고 싶다는 것이지만, 실상은 공연에는 사람들의 모든 감정이 다 들어있기에 그 감정을 느끼고 싶어서이다. 공연만큼 사람의 감정을 적나라하게 보여주는 것이 없는 것 같다. 직접 배우들을 보면서 그 배우의 살아있는 감정을 고스란히 느낄 수 있는 것이 좋다. 이런 감정들은 사람을 이해하는 데 많은 도움이 되기도 하고 내 글감 소재의 원천이 되기도 한다. 뮤지컬, 연극들을 보고 있노라면 내가 평소에 생각하고 있던 감정과 생각들에 불이 켜지는 것 같다.

이렇게 나의 취미들에 대해 늘어놓고 보니 이 취미들의 공통점이 있다. 내가 사람들에게 관심이 많다는 것이다. 사람들이 기뻐하는 모습이 좋고, 슬퍼하면 같이 울어줄 수 있는 사람들의 생각, 심리에 관심이 많다는 것이다. 이 취미들을 통해 나는 새로운 도전을 꿈꿔보기도 한다. 사람들의 마음을 어루만져줄 수 있는 작가가 되고 싶기도 하고 상담사가 되어 사람들의 상처를 같이 공감해 주고 싶기도 하다. 이렇게 취미 생활을 통해 나는 나를 조금씩 발견하고 있다.

40일, 그 특별한 의미에 관해

"'40'을 의미하는 이탈리아어 'quaranitina'에서 '검역'이라는 영어 'quarantine'에서 유래했다. 콰란틴이란 전염병 확산을 막기 위해 해로운 동식물을 '격리'하는 조치이다. '40일'은 나 자신을 검역하는 기간이다. 새롭게 다시 태어나고 싶은 사람과 공동체 그리고 국가를 위한 절호의 기회다. 이 시간 동안 나를 심오하게 검사해 버릴 것은 버리고 취할 것은 취해야 한다."

사순절은 가톨릭 신자인 나에게는 가장 중요한 절기이다. 가톨릭에서는 대축일 중이 가장 큰 축일을 부활절로 꼽는다. 사순절은 부활절을 경건히 준비하기 위해 40일 동안 그리스도의 수난을 생각하며 자신을 정화하는 기간이다. 초등학교 시절 사순절이 되면 신부님께서 말씀해 주신 강론*이 생각난다.

"하늘나라에는 너희와 똑같은 분신이 살고 있다. 너희가 평소에 친구를 때리면, 그 분신의 팔다리가 짧아진다. 나쁜 말을 하면 입이 삐뚤어지고, 나쁜 생각을 머리가 삐뚤어진다. 하지만 사순절 동안 친구를 도우며 착하게 생활하고 이쁜 말과 생각을 하고 좋은 행동을 하면 그 분신의 팔다리, 입, 머리 모두 정상으로 돌아온다."

* 교리를 설명하여 신자를 가르침

그 시절 나는 신부님의 말이라면 팥으로 메주를 쑨다고 해도 믿을 정도였다. 그래서 사순절만 되면 기도를 했고, 좋은 생각과 말을 하려고 부단히도 노력했다. 행여 내가 나쁜 말을 했거나 친구가 미워질 때면 그 자리에서 성호를 긋고 잘못했다고 용서를 빌곤 했다. 어렸을 때 사순절은 내가 회개를 할 수 있는 유일한 기간이라고 믿었다. 이러한 믿음은 성인이 되어서도 지속하였다.

사순절의 시작을 알리는 "재의 수요일*"은 내가 특별하게 생각하는 날이다. 재의 수요일에는 미사를 참석하거나 기도하는 것을 잊지 않았고 그 날은 단식을 하려고 노력했다. 이러한 행동과 더불어 이날 하는 나만의 의식이 있다. 바로 40일 동안 내가 고쳐야 할 나쁜 습관, 나쁜 생각들을 다이어리에 적는 것이었다. 사순절, 일 년 중 단 40일이라도 참회하고 죄를 짓지 않는 삶을 실천해 보겠다는 나의 의지였다. 내가 해마다 빠지지 않고 적는 것이 "다른 사람을 미워하지 말자. 다른 사람 험담을 하지 말자"이다. 프란치스코 교황님도 "뒷담화만 하지 않으면 성인(聖人)이 됩니다"라고 하질 않았던가?

40이라는 숫자는 성경에서 아주 중요한 숫자이다. 모세가 광야를 헤맬 때 40일 동안 두 번의 금식기도를 감행하고, 40년간 광야에서 지낸다. 그리고 이스라엘의 예언자 엘리야도 동굴로 들어가 40일 동안 기도를 한다. 사순절 또한 40일 동안 그리스도의 수난을 기억하며 예수 그리스도의 부활을 기다리는 기간이다.

하지만 단지 가톨릭 신자에게만 '40일'이 중요한 것은 아닐 것이다. 1년, 365일 중에 나를 돌아보고 나쁜 습관, 좋지 않은 행동을 정화하는 데 40일은 충분한 시간일 것이다. 아니, 40일 만이라도 나를 검역하여 더 나은 나로 만들기 위해 노력을 해 보는 것은 어떨까?

나는 해마다 사순절을 기다린다. 40일 정화의 시간을 통해 하늘나라에 있는 팔다리가 짧고, 입, 눈이 삐뚤어진 나의 분신이 정상적으로 돌아오기를 기원하면서 말이다.

_박정원

(* 재의 수요일의 미사에서는 재를 머리에 얹는 예식을 한다. 이 재는 성지 주일에 받은 종려나무 가지를 태운 재를 사용하는데 이 나뭇가지는 신자들이 1년 동안 십자가 고상 밑에 같이 매달아 놓은 것을 모아 재를 만든다.)

물리학에서 찾는
인생의 지혜

《시간은 흐르지 않는다》 카를로 로벨리. 쌤앤파커스. 2019

　내가 고등학교 때 가장 좋아하는 과목은 윤리였다. 윤리에서도 가장 좋아했던 부분은 소크라테스, 플라톤, 데카르트와 같은 서양 철학자이었다. 어쩌면 이 과목은 수능을 치지 않는 과목이었기에 부담 없이 공부할 수 있어서 더 좋아했을지도 모른다. 반면 가장 어려워했던 과목은 물리학이었다. 공식을 외우고 문제를 푸는 건 어찌어찌하겠는데, 왜 내가 열의 에너지를 알아야 하고 양자 역학을 알아야 하는지 도통 알 수가 없었다. 하지만 나의 이런 생각을 과감히 바꾼 책이 있다. 바로 카를로 로벨리의 『시간은 흐르지 않는다』이다. 처음엔 그냥 이 책이 양자 역학을 설명하는 과학책이라고 생각했다. 하지만 읽으면 읽을수록 우리의 인생을 고민하게 하는 철학책과 닮아 있었다. 물리학은 과학으로 풀어내는 철학이었다. 철학을 좋아하는 나에게 필연적으로 이 책은 내 최고의 책이 되었다.

『시간은 흐르지 않는다』의 저자 카를로 로벨리는 '루프양자중력학(loop quantum gravity)'이라는 개념을 규명한 이탈리아의 저명한 물리학자이다. '루프양자중력학'은 양자이론과 아인슈타인의 중력이론을 결합한 이론으로 중력의 양자적 속성을 설명하는 물리학 이론 중 하나이다. 이 책은 시간에 대한 개념을 설명한 책이며 시간이 어떻게 존재하는지를 물리학적 관점에서 알려준다. 시간은 유일하지도 방향도 정해져 있지 않으며, 독립성도 없다. 우리가 통상적으로 알고 있는 시간은 지각 오류의 산물이며, 지구 환경의 특수성이 만들어 낸 것이라고 주장한다. 하지만 지구에 사는 우리는 시간을 기준으로 과거-현재-미래를 구분하며, 과거를 통해 현재를 완성하고 현재를 통해 미래를 설계한다. 이 책을 읽으면서 나는 세 가지에 대해 고민하게 되었다. 첫 번째는 '지금이라는 시간은 무엇일까'라는 것이고, 두 번째는 '우리가 지향해야 하는 시간은 무엇일까'이며, 마지막으로는 '앞으로 어떤 시간을 살아가야 할지'에 관한 것이다.

'지금'이라는 시간에 관하여

> "우리가 시간을 얼마나 정확하게 규정하느냐에
> 따라 달라진다. 예를 들어, 나노 세컨드 단위를
> 사용한다면 현재는 몇 미터 간격으로만 정의될
> 것이고, 밀리세컨드를 사용한다면 킬로미터 간격
> 으로 정의될 것이다."

한국에서 가장 유명한 라틴어는 단연 '카르페 디엠(carpe diem)'일 것이다. '지금, 이 순간, 현재를 즐겨라.' 그렇다면 이 현재, '지금, 이 순간'을 어떻게 정의해야 할까? '지금, 이 순간' 내 글을 읽고 있는 당신의 시간은 현재일까? 아니면 과거일까? 이 책에 따르면 그 기준점을 어떻게 잡느냐에 따라 우리의 시간의 개념은 달라질 것이다.

나는 지금이라는 시간을 하루, 24시간으로 규정하고 싶다. 나는 매년 1월 1일이 되면, 앞으로의 10년 계획, 매년 계획, 매월 계획을 세운다. 그리고 매일 아침 하루 계획을 세운다. 내가 계획을 세우는 가장 작은 단위가 하루이다. 그렇기에 나는 지금이라는 시간을 하루라고 정하려 한다. 어느 책에 이런 글귀를 본 적이 있다. '오늘 하루는 내가 되고 싶은 모습이 되는 '과정'이어야 한다.' 나는 매일 하루 내가 되고 싶은 나를 향해 조금씩 나아가는 삶을 살고 싶다. 내 지금의 시간은 미래의 내가 되고 싶은 것을 하는 시간이다. 그렇기에 나는 오늘 하루를 행복하게, 즐겁게, 설레는 하루로 살고 싶다. 나의 '카르페 디엠'은 '오늘 하루를 즐겨라.'이다.

우리가 지향해야 하는 시간

"열이 있는 곳에서만 과거와 미래가 구분된다. 생각도 과거에서 미래로 펼쳐나가야지, 그 반대가 되면 머리에서 열이 나고 만다."

우리는 매 순간을 선택하며 산다. 아침에 일어나는 순간에도 지금 일어날 것인가, 더 잘 거인가부터 점심엔 무엇을 먹을지, 오늘 저녁에 무엇을 할지, 모든 순간이 다 선택이다. 이런 순간들 속에서 가끔 내가 한 선택들에 후회할 때가 있다. '그때 이 말은 하지 말아야 했는데, 이 행동은 하지 말걸!' 같이 사소한 것부터 나의 인생을 송두리째 바꾼 선택도 존재한다.

　나의 인생을 송두리째 바꾼 선택은 '이혼'이었다. 벌써 오랜 시간이 흘렀음에도 나에겐 그 순간을 떠올리기는 쉽지 않다. 아이를 낳고 채 6개월이 되지 않았던 그날, 남편이 나에게 폭력을 행사했다. 그것도 시부모님이 계신 자리에서 나의 머리와 뒤통수를 가격했다. 그 전부터 화가 나면 가끔 욕을 하던 사람이었다. 그걸 나는 너무 가볍게 생각했다. 욕은 화가 나면 할 수 있고 이건 내가 고칠 수도 있다고 여겼다. 하지만 그것은 나의 완벽한 착각이었다. 난 처음 남편이 나에게 욕을 한 그날, 그것을 바로 잡지 못함에 후회가 밀려왔다. 이번엔 반드시 그 사람의 잘못을 바로잡아야 한다고 생각했다. 전 남편이 용서를 빌면 받아주고 저 버릇을 고쳐야겠다고 생각했다. 하지만 정말 인생은 내 마음대로 되지 않더라. 전 남편은 나에게 자신이 때린 것에 사과는 했지만, 항상 마지막에 하는 말이 내 마음에 비수를 꽂았다. '미안해. 하지만 너도 잘 한 건 없어.' 난 그 말이 마치 '맞을 짓을 했으니 맞아야 해.'로 들렸다. 그 말을 듣곤 나는 이혼을 결심했다.

　나는 처음 그 사람이 욕을 한 그날 이혼하지 못했던 걸 후회했다. 아니 그 사람과 파혼하지 못함을 후회했다. 그 사람과 만난 것을 후회했고 그 사람과 함께 한 모든 순간이 다 후

회로 여겨졌다. 그 후회는 거의 2년간 나를 괴롭혔다. 그 괴로움은 나의 몸과 마음을 병들게 했다. '생각도 과거에서 미래로 펼쳐나가야지, 그 반대가 되면 머리에서 열이 나고 만다.' 그 말이 마치 나에게 하는 것 같았다. 과거를 곱씹는 것은 결국 나를 갉아 먹는다는 걸 이 글귀를 보고 깨달았다. 이 글귀를 본 그날 이후부터 나는 과거를 후회하지 않기로 했다.

'과거에 한 선택들이 지금의 내가 된다.' 지금 내가 선택한 이 이혼이 나에겐 최고의 선물이 되어야 한다는 생각이 들었다.

삶에 최고의 문법을 찾다

"모든 과학적 진보는, 세상을 읽는 최고의 문법이
영속성이 아닌 변화의 문법이라는 점을 알려준
다. 존재의 문법이 아니라 되어감의 문법이다."

'존재의 문법이 아니라 되어감의 문법이다.' 내가 한 이혼이라는 선택이 그냥 그 자리에 머무는 존재가 아닌 완성으로 나아가는 발걸음이 되어야 한다고 생각했다. 그때부터 나는 내 삶의 진정한 주인공이 되기로 마음먹었다.

나의 삶은 항상 사회에서 정하는 대로 흘러갔다. 학생이어서 공부했고, 남들이 다 대학교를 진학하니 나도 성적에 맞춰 대학에 들어갔다. 그리고 내가 선택한 생명공학이라는 전공은 대부분 졸업하고 석사학위를 받아야 취직이 된다고 하니 나 또한 당연히 대학원에 들어갔다. 석사학위 이후에는 회사에 들어갔고, 남자 친구가 있으니 결혼했다. 모든 것이 사회적 시계에 맞춰 살아갔다. 지금까지의 삶을 살면서 나라는 사람이 무엇을 좋아하고 나에게 맞는 것은 무엇인지를 고민하지 않은 채 살아왔다.

이혼은 나의 30년 인생 중 가장 큰 결심이었다. 이혼하고 난 후에 나는 깨달았다. 내가 좋아하는 것을 하며 살아야 하고, 나의 인생은 사회적 시간이 아닌 나만의 시간, 속도로 나아가야 한다는 것을 말이다. 나는 내 진로를 고등학교 때 결정하고 대학을 가야 한다고 믿었다. 하지만 대학 이후 약 20년 정도 더 살아보니 진로는 언제든지 변화할 수 있다는 걸 알았다. 지금 내가 하는 일이 내 평생의 진로는 아님을 알았다. 나는 안정적인 삶을 좋아한다고 믿었다. 그래서 사회에서 원하는 그 시간대로 내 삶을 꾸려가려고 했다. 하지만 나는 새로운 것을 배우고 경험하는 것을 좋아하는 사람이더라.

새로운 것을 경험하면서 그것을 통해 내 삶의 활기를 얻는 사람임을 중년을 바라보는 나이에 깨달았다.

나는 아직 부족한 사람이지만, 삶의 완성을 위해 매일 조금씩 성장하는 사람이다. 아직 내가 어떤 삶을 살고 어떻게 살아야 할지는 명확히는 모르겠다. 하지만 확실한 건 나는 나답게 살아가기 위해 계속 변화하고 완성되어 간다는 것이다. 삶을 살아가는 최고의 문법, 되어감의 문법을 실천하고자 한다. 오늘도 나는 내 삶의 주인공으로 어떻게 살아야 할지, 내가 맡은 배역을 어떻게 소화할지를 고민하며 지금을 살아 낸다.

_박정원

인생에서 중요한 것들

《콘트라베이스》 파트리크 쥐스킨트. 열린책들. 2000

소설 『콘트라베이스』는 『향수』로 잘 알려진 파트리크 쥐스킨트를 무명에서 유명 작가로 만든 작품이다. 이 작품은 브람스의 교향곡 2번이 흘러나오는 조용한 방에서 콘트라베이스 연주자의 독백으로 시작된다. 콘트라베이스 연주자인 주인공은 콘트라베이스와 자신의 직업에 엄청난 자부심을 느끼고 있다. 지휘자는 없어도 되지만 콘트라베이스가 없으면 음악이 완성되지 않는다고 말한다. 콘트라베이스는 건축물에서 전체를 떠받칠 수 있게 만드는 기초와도 같은 것이라고 묘사한다. 하지만 사람들이 이런 콘트라베이스의 중요성을 알지 못한다고 한탄한다. 이 주인공의 독백은 콘트라베이스가 얼마나 중요한 악기이며, 인생과 가장 많이 닮은 악기인지 독자들을 설득한다.

내가 이 책을 처음 읽은 것은 고등학교 때였다. 나랑 친한 친구가 학교 도서관 사서 봉사를 했었고, 점심시간마다 학교 도서관에서 시간을 보냈다. 그때 나도 같이 따라가서 같이 도서관에 있곤 했는데 그때 눈에 띈 책이 파트리크 쥐스킨트의 『향수』였다. 이 책을 읽고 쥐스킨트의 매력에 빠진 나는 그가 쓴 소설은 다 읽었다. 그중에서 나의 마음을 사로잡은 것이 바로 『콘트라베이스』였다. 콘트라베이스 독주를 위한 곡은 거의 들어본 적이 없으나 콘트라베이스가 없는 오케스트라도 본 적이 없다. 항상 무대 중앙이 아닌 무대 맨 뒷자리를 차지하고 있으나 없어서는 안 되는 존재, 그게 바로 콘트라베이스이다. 나는 이 책을 통해 위로를 받았다. '이 세상에 쓸모없는 건 하나도 없다, 중요하지 않은 건 없다.'라는 것을 알려 주는 것 같아서 힘들 때마다 읽게 되는 책이다.

인생의 기본값

"콘트라베이스는 그 악기가 내는 원초적인 저음으로 오케스트라 악기 가운데 〈가장〉 기본적인 악기라는 말씀을 이제까지 드렸습니다." 나는 이 문구를 읽으며 '〈가장〉 기본적인' 이라는 문구에 눈길이 갔다. 하지만 이 〈가장〉 기본적인 것을 지키기는 쉽지 않다.

예전에 수능 만점자에게 어떻게 공부했는지에 대한 인터뷰를 본 적이 있다. 그때 대답이 "교과서 위주로 공부했어요."였다. 나는 이 말이 가식적으로 느껴졌다. 모든 사람이 다 교과서 위주로 공부했는데 그렇다고 다 만점을 받지 않으니 말이다. 하지만, 지금은 그 교과서 위주로 공부하는 것이 최고의 왕도임을 깨닫는다. 기본을 설명해 놓은 것이 교과서이고, 이를 하지 못하면 더 높은 수준에 달하지 못하기 때문이다.

모든 공부에는 기본이 있다. 영어 공부를 하려면 알파벳부터 배워야 하고, 수학 공부를 하려면 사칙연산부터 배워야 한다. 인생을 살아가는데도 기본이 있다. 사람마다 생각하는 인생의 기본값은 다 다르겠지만 나는 '설렘'이라고 말하고 싶다. 한번 사는 인생인데 하루에 한 번이라도 설레는 일이 있다면 얼마나 삶이 즐거울까? 『돈의 속성』을 쓴 김승호 회장이 '나는 오늘 하루 얼마나 즐거운 일이 생길까 설레어서 아침에 눈이 번쩍 뜨인다.'라고 한 말이 인상적이었다. 우리가 어릴 적 소풍 가는 날은 설레서 아침 일찍 일어난 것처럼 말이다.

처음은 늘 설렌다. 처음 학교에 입학하는 날, 처음 회사에 입사한 날, 새로운 시작 등 많은 처음이 나에겐 설렘으로 다가온다. 이런 설렘은 늘 느낄 수 있는 것은 아니다. 그렇기에 나는 매일 설레는 것을 찾기 시작하였다. 새로운 분야의 공부를 해 보기도 하고, 여행도 다니기도 했다. 그러다 요즘 찾은 나의 설렘은 공연을 보는 것이다. 연극이나 뮤지컬 같은 공연은 매번 본 때마다 새로운 설렘으로 다가온다. 처음 본 공연은 처음이어서 설레고, 같은 공연이라고 하더라도 배우가 누구인지, 그날 관객은 어떤지에 따라 매번 새로운 공연이 만들어진다. 그래서 나는 공연을 보러 가는 날은 소풍 가는 아이처럼 설레서 눈이 번쩍 뜨이곤 한다. 그리고 그날의 설레는 기분을 안고 매일 살아간다.

일할 때도 나는 설렘을 기본값으로 설정한다. 나는 현재 내 직업에 만족하지만 대부분 사람처럼 돈을 벌기 위한 목적으로 하는 일은 재미없고 힘들게만 느껴지듯 나도 사실 그렇다. 어느 날에는 출근하는 것조차도 싫은 날도 있다. 일에 대한 나의 설렘은 상상력을 통해 승화된다. 일하기 싫은 날에는 어릴 적 본 찰리 채플린의 영화를 상상해 본다. '나는 기계의 한 부품이고 이미 프로그래밍이 되어 있는 AI 로봇이야.'라고 생각하면서 일을 한다. 내가 만약 일하는 AI 로봇을 개발한다면 어떤 것을 학습시키고 프로그래밍하는지 상상만으로 이미 설렘 한 숟가락이 더해진다. 그리고 내가 사람처럼 말하고 움직이고 생긴 최초의 AI 로봇이라는 상상조차도 설렌다. 어쩌면 쓸데없는 상상력이겠지만 나에게는 하루를 온통 설렘으로 가득하게 만들어줄 소중한 것이다.

자존감을 알게 해 준 콘트라베이스

콘트라베이스는 현악기 중에서 가장 낮은 음을 내는 악기이다. 그리고 오케스트라에서도 바이올린과 같은 다른 현악기와는 다르게 가장 구석 자리에서 자신의 역할을 묵묵히 수행한다. 그래서 콘트라베이스의 음악을 듣고 있자면 내가 가장 낮은 곳에 있다는 것을 깨닫는다. 겸손을 배우게 되는 것이다. 사실 콘트라베이스는 그리 주목받는 악기는 아니다. 사실 콘트라베이스 독주곡은 '카를 폰 디터스도르프의 마장조 협주곡' 외에는 거의 없다. 그러함에도, 이 소설의 주인공은 콘트라베이스가 얼마나 중요하고 중요한 악기임을 자부한다. 나는 이 소설을 읽는 내내 콘트라베이스는 곧 자존감이라고 말하고 싶다.

자존감과 자존심은 엄밀히 다르다. 자존감과 자존심을 세숫대야의 물과 호수의 물에 비유한 글을 본 적이 있다. 자존심은 세숫대야의 물이어서 돌을 던지면 넘치고 만다. 하지만 자존감은 호수의 물이어서 돌을 던져도 물결만 일렁일 뿐 아무런 변화가 생기지 않는다. 이 작품의 주인공은 이런 호수 같은 자존감을 지녔다.

남이 인정해 주지 않아도 스스로 나를 인정하는 힘이 자존감의 근원이다. 이 소설의 주인공이 콘트라베이스를 그렇게 생각하듯 말이다. 지금 나는 우리 사회에서 그리 중요한 인물이 아닐지도 모른다. 아직 나에게는 명예, 권력도 없으니 말이다. 하지만 그렇다고 내가 이 사회 구성원에서 쓸모없는 인간은 아닐 것이다. 분명 내가 하는 일이 이 사회의 어느 부분에서는 쓸모 있는 일을 한다고 나는 믿는다.

인생에서 거리의 중요성

"콘트라베이스는 인간이 악기로부터 멀리 떨어져 있으면 있을수록 소리를 더 잘 들을 수 있도록 만들어진 특이한 악기입니다."라는 글귀가 나에게 울림을 주었다. 악기조차도 일정한 거리를 유지해야 그 소리의 진가를 알 듯 우리의 인생도 일정한 거리가 있어야 그 진가를 알 수 있다. 내가 중요하게 생각하는 인생의 거리는 두 가지이다. 하나는 내가 나를 바라보는 거리이고, 다른 하나는 나와 다른 사람과의 거리이다.

'모든 인생사는 멀리서 보면 희극, 가까이서 보면 비극'이라고 한다. 나의 SNS를 본 지인들은 내가 정말 행복하고 재미있게 산다고 말한다. 그도 그럴 것이, 나의 SNS는 나의 취미, 내가 좋아하는 것들로 가득 채웠기 때문이다. 그렇다고 내가 고민이나 걱정이 없을까? 나 또한 고민과 걱정을 하며 하루하루를 산다. 나는 내가 고민이나 걱정이 생겼을 때 내가 나를 바라보는 거리를 조정한다. '멀리서 보면 희극'이기 때문에 내 인생을 멀리서 보려고 노력한다. 오늘 하루 힘들었을지언정 한 달을 되짚어보고 일 년을 되짚어보면서 내 삶이 얼마나 행복하고 즐거웠는지를 회상한다. 그런 회상이 나에게 내일을, 미래를 살아가는 원동력이 된다.

인간관계에서도 적당한 거리는 필수다. 그리고 그 거리는 관계를 맺는 쌍방이 동의한 거리이어야 한다. 어느 한쪽은 10㎝의 거리를 원하는데 다른 한쪽이 1m의 거리를 원한다면 그 관계는 오랫동안 지속하기 힘들다. 나는 인간관계에 있어서 일단 그 사람은 좋은 사람이고 믿을 수 있는 사람이라는 전제로 만난다. 항상 내 인간관계의 거리는 10㎝이다. 내가 만나는 사람에게 항상 최선을 다하고 내 진심을 다 보여준다. 그래야 나중에 그 사람과의 관계가 소원해져도 매 순간 그 사람에게 최선을 다했기에 후회는 남지 않았다.

그래서 나는 내 인생을 바라볼 때는 망원경으로 보고, 인간관계를 볼 때는 돋보기로 본다. 이것이 내가 인생을 행복하고 즐겁게 살아가는 거리이다.

_박정원

쓸모없음의 유익

《고독》헨리나우웬. 성바오르. 1993

완성된 원고를 쓰는 일은 가끔 거를 때도 있지만 어찌했든 매일 무어라도 읽고 쓴다. 매일 한 권의 책을 읽는 것이 습관이 되어 지난 2년간 평일 새벽에 열어드리는 온라인 줌 독서실에 참여하는 분들에게 한 권의 책을 간단히 소개해 왔다. 내 책상 위에는 협찬받은 책, 읽고 싶은 책, 가끔 들쳐 보아야 할 책 등 이번 주에 읽어야 할 책들이 한가득 정리되지 않은 채 쌓여 있다.

그러나 쌓여 있는 책에는 전혀 마음도 눈길도 안 가는 날이 있다. 그럴 때는 책을 소개해야 한다는 의무감을 내려놓고, 그저 앉은 자리 바로 옆 책장을 쓱 둘러본다. 이 책장에는 이미 읽었던 책들이 대부분인데, 언젠가 한 번 더 읽고 싶은 책들로 진열되어 있다. 20여 년 전에 읽은 책도 있고, 10여 년 전에 읽은 책도 있고, 최근에 읽은 책도 있다.

어느 날 새벽, 내 책과 공저 책 출간 작업으로 약간은 지쳐 있어서인지 새 책이 눈에 들어오지 않았다. 그래서 마음을 가다듬고 고개를 돌려 내 옆 책장을 위에서 아래로 스캔했다. '어떤 책을 읽으면 좋을까?'라는 질문은 어느새 '지금 나에게 필요한 책이 무엇인지 말해 줄래?'로 바뀌어 있다.

그렇게 무심결 손에 가 닿은 책이 헨리나우엔의 《고독》이다. 헨리 나우엔은 가톨릭과 개신교를 넘나드는 신학자이다. 그의 책들은 대부분 얇아서, 거의 소장하고 있음에도 책장을 많이 차지하지 않는다. 한때 애정했던 작가로 마음이 분주하고 복잡할 때 그의 책을 가만히 읽어가다 보면, 존재를 되찾고, 중심을 잡게 해 준다. 삶의 본질과 영혼을 이야기하기에 깊이가 있다.

몇 년 동안은 그의 책을 거의 들춰 보지 못했다. 그가 말하는 메시지, 내용은 거의 알고 있고 내면에 스며들어 있다고 생각했을 것이다. 아무튼 이 책도 무지 얇다. 그의 책 중에서도 아마 가장 얇지 않을까. 책값이 2,000원이다. 구입한 지 10여 년도 훨씬 지난 책이기도 하지만, 그래도 분량도 가격도 착하다. 분량과 가격에 비해서 내용은 가볍지 않은 이 책을 마음 가는 사람에게 선물하고자 여러 권 구입해 놓았다. 책장 어딘가에 흩어져 아직도 몇 권이 남아있을지 모르겠다. 발행일은 1983년, 지금이 2024년이니깐, 40여 년 전에 출간된 책이다.

이 책이 간택당한 이유는 무엇이었을까? 새벽 한 시간 동안 읽기에 무난한 얇은 책이어서일 수도 있고, 내 영혼에 필요한 책이어서일 수도 있다. 그의 메시지에 어느 정도 익숙해 있었지만, 어둠이 동트기 전, 다시 천천히 읽기 시작한다. 그러나 이미 알고 있는 메시지라도 희미해져 있었는지, 어느새 한 문장 문장을 달콤하게 먹고 있다.

천천히 책을 읽다가 이 책에 인용된 한 사례에 잠시 멈춰섰다. 노자의 도덕경에 나오는 목수와 그의 제자가 나눈 대화이다.

어느 날, 한 목수와 그의 제자가 숲속을 거닐고 있었다. 그때 유난히 키가 크고 굵은 데다가 옹이도 많고 아름다운 오래된 참나무 한 그루를 발견하였다.

"너는 이 나무가 왜 이다지도 키가 크고 굵고 옹

이가 많으며 아름다운지 아느냐?"

목수가 제자에게 이렇게 물었다. 그러자 제자는 스승을 바라보며 대답했다.

"모르겠습니다. 왜 그럴까요?"

"그 이유는 이 나무가 아무짝에도 쓸모가 없기 때문이니라. 만일 쓸모가 있는 나무였더라면 오래전에 베어다가 식탁이나 의자를 만들었겠지만, 그럴 만한 값어치가 없었기 때문에 이렇게 크고 아름답게 자라서 모두가 그 그늘에 앉아 쉴 수 있게 되었느니라."

나는 어느새 이 이야기 옆에 다음 문장들을 연이어 적고 있었다. "쓸모없음의 유익", "고독의 시간을 계산한다."라고.

많은 이들이 여전히 바라는 바는 '쓸모 있음'이다. 자신의 '쓸모없음'에 마음이 닿고, 우울함에 빠지기도 한다. 현대인들은 그 '쓸모'라는 것을 만들기 위해 하루하루를 열심히 달린다. 그런데 '쓸모없음'을 바라는 이가 과연 있을까.

이 사례를 읽으며 현실과 괴리를 느끼기도 했지만, 머리를 한 대 얻은 맞은 듯했다. 사실 내 현재의 '쓸모'는 '쓸모없는 시간'을 통해 탄생했다. 언젠가 SNS에 비슷한 글귀를 올린 적이 있다. 아무도 찾지 않는 무용한 시간을 두려워하고 불안해하지 말라고. 그 시간이 '쓸모'를 만들어 준다고 말이다. 나에게는 공부에 몰입해야 했던 안식년, 임신과 출산의 육아휴직, 퇴직 후 은둔했던 수개월의 시간이 사람들이 보기에 어쩌면 쓸모없는 시간이었다. 아무도 나를 찾지 않았던 그 시간을 불안해하고 두려워하기보다 오히려 나에게만 집중할 수 있었기에 기쁨으로 온전히 누렸었다. 지금도 그런 시간을 사모하며 일부러 만들기도 한다. 일주일 중 모임도 강의도 약속도 없는 날이면 '아무것도 하지 않아도 되는 날'로 스스로에게 선포하며 나와의 밀애를 누리며 자유를 만끽한다.

누군가에게 기여하는 생을 살자고 독서와 글쓰기를 권하는 나이다. 그렇게 우리 생은 누군가에게는 쓸모가 있다며 '쓸모'를 나눌 것을 종종 외친다. 그러나 그 쓸모가 빨리 이루어지기 위해서 지름길을 선택하는 유혹을 느끼는 것이 우리 인간이다. 빠르게 쓸모가 만들어지지 않는다고 불안해하고 조급해한다. 그 쓸모라는 것에도 급이 있는지, 상위 1%에 들지 않는다고 좌절하기도 한다. 저마다 생각하는 쓸모의 기준은 다르겠지만, 그러나 잘 생각해 보아야 한다.

일찍이 영재로 점찍어진 아이들이 어른이 되면 어릴 때만큼 특별함을 보이지 않는다는 연구 결과들을 본다. 일찍이 성공한 이들이 빠르게 퇴락의 길을 가는 것을 목도하기도 한다. 이유는 무엇일까?

이 글을 쓰고 있는 최근에는 조금 바빴다. '바쁘다'는 말을 입에 올리는 것을 좋아하지 않는다. 뭔가 시간 관리를 잘 못하는 것처럼 보이기도 하고, 삶의 균형을 잃은 듯 보이기도 해서이다. 바쁘다는 말에는 일정이 꽉 차 있는 것일 수도 있지만, 사실 마음의 조급함이 담겨 있는 표현이기도 하다. 일정이 많아도 마음과 몸의 조화를 이룬 날에는 삶이 그리 바쁘게 돌아가지 않는다. 그러나 균형이 흐트러지는 시점에는 내가 일정을 주도하는 것이 아니라 일정에 나를 맞춘 격이 되어 버린다.

고독의 시간을 계산하다

위 이야기를 곰곰이 생각하다가 내 고독의 시간을 다시 계산해 본다. 혼자 있는 시간이 많은데 이미 고독한 거 아니냐고 생각할 수도 있지만. 고독은 단순히 물리적으로 혼자 있음을 말하지 않는다. 혼자 있지만 몸과 마음은 끊임없이 세상과 연결되어 있을 수 있다. 연결을 통해 성장하기도 하지만, 이 연결이 어느 선을 넘어서면 타인과 세상이 끊임없이 내 경계선을 뚫고 들어와 내 기준과 욕망이 뒤로 밀리게 된다. 결국 진정한 내가 되고자 하는 숭고한 욕망은 세상에 조금씩 침식되어 버린다.

헨리 나우웬은 이를 이렇게 표현한다.

> "성공을 거두는 것이 아니라 우리 자신이 성공 자체로 변하고 만다."
> "채점자들에게 영혼을 팔아버리고 만다."
> "이 세상이 만들어 낸 제품이 되고 만다."

어떤 이는 자신을 지키고자 아무도 알아주지 않는 고요한 새벽에, 모두가 찾는 시간을 피해 아이와 가족이 모두 잠들어버린 밤을 자유롭게 유영한다. 어떤 이는 쓸모없이 여겨지는 퇴직이나 은퇴 후의 시간, 영유아를 돌봐야 하는 육아의 시간을 초라하게 여기기보다 두려움 없이 더욱 적극적으로 달콤하게 향유한다.

나에게 다시 묻는다. '너는 쓸모없음의 유익에 동의하냐고?', '쓸모를 위해서가 아니더라도 쓸모없음의 시간에 지금도 동참하고 있냐고?', '쓸모없음의 시간을 만들기 위해 언

제든 모든 '쓸모'를 포기할 수 있냐고?'

그리고 적어본다.

'울퉁불퉁해도 괜찮아. 넌 AI가 아니잖아.'

'새벽에 안 일어나도 괜찮아. 가끔은 루틴을 흐트려 봐.'

'커뮤니티 안 해도 괜찮아, 혼자도 나름 좋아.'

'강의 안 해도 괜찮아, 침묵도 필요해.'

'SNS 안 해도 괜찮아, 너만의 시간을 보호할 필요도 있어.'

'유용한 사람이 되지 않아도 괜찮아, 너에게만 유용한 시간도 필요해.'

'쓸모없어도 괜찮아. 행위나 업적이 아니라, 네 존재로 이미 쓸모가 있으니깐….'

성취, 활동, 공헌, 기여, 업적, 유용한 사람이 되고자 하는 욕망을 잠시 내려놓는다. 이 문장들을 적는 순간, 그것이 시각화되며 다시 내 마음에 새겨진다. 약간의 해방감이 차오른다. 언제든 떠날 수 있는 자유로움이 느껴진다.

이 쓸모없음은 고독의 시간에서 주어진다. 역설적으로 쓸모없을 것 같은 고독에서 '쓸모'가 서서히 생겨난다. 쓸모가 생겨난 후에도 이 쓸모없는 시간을 수시로 만들어야 한다.

고요와 함께하지 않는 삶은 쉽게 파괴되기에.

나는 이 무용의 시간을 사랑한다. 이 시간을 통해 쉼 없이 내달리던 삶의 속도를 늦추고, 내 안의 거짓된 욕망을 직시하며, 성공과 실패에 휘둘리지 않는 존재의 힘을 재장착한다. 주어진 모든 것이 선물임에 감사하며, 나로 살아갈 힘을 다시 얻는다.

마음을 잃지 않도록

우리는 care라는 말을 종종 사용한다. 상담가뿐 아니라 부모나 강사, 코치, 작가, 어떤 분야의 모든 전문인은 사람과 세상을 care 하고 있다. 그러나 헨리 나우웬은 이 단어를 너무 보편적으로 사용하기에 단어의 원래 의미가 퇴색되었음을 지적한다.

care라는 말의 어원은 고트어의 'kara'에서 왔는데, care의 원뜻은 "비탄하며, 슬픔을 견디고 울부짖는다."는 뜻이라고 한다. 가볍게 사용하고 있는 이 단어에 이런 강한 의미가 담겨 있었나 하는 놀라움이 솟아오른다.

헨리 나우웬은 이어서 말한다.

"우리에게 가장 큰 유혹은 우리가 가지고 있는 전문 지식을 이용하여 참으로 중요한 문제에서부터 될 수 있는 대로 멀리 안전하게 도피하고자 하는 것이다. 그래서 사랑의 마음이 없는 치유는 이롭기보다는 오히려 해가 된다는 것을 잊게 된다."

우리는 각자가 가지고 있는 전문 지식을 통해 사람들과 소통한다. 누구는 글이나 영상이 담긴 SNS 콘텐츠를 통해, 누구는 강의나 일대일 코칭이나 상담을 통해, 누구는 책을 통해 말이다. 그러나 정말 중요한 것은 care 안에 담긴 상대를 진정으로 생각하는 마음을 잃어버린다면, 진정한 치유는 일어나지 않는다는 점이다. 어떤 이는 많은 말을 하지도, 그리 부산스럽지도 않지만, 존재만으로 침묵 속에서 치유와 변화를 가져다준다.

한때 그런 존재가 되고 싶었다. 그러나 그런 존재는 정말 초인만 될 수 있다는 생각에 금세 포기했다. 그러나 그저 나 같은 평범한 사람도 이렇게 글을 쓰며 성찰해 가는 수련의 시간, 이 쓸모없어 보이는 시간을 묵묵히 가진다면 100세 시대, 어느 시점에서는 누군가에게는 조금은 그런 존재가 되어 있지 않을까 하는 희망을 조금은 가져본다.

우리는 다 안다는 듯이 정보성 말과 글을 남발하고 있지 않은지? care의 마음이 배제된 소통을 기계처럼 하고 있지는 않은지? 인간의 고통을 외면하지 않고 답 없는 질문을 용기 있게 던지고 있는지? 돌아볼 필요가 있다.

시대를 넘나들며 오래도록 시간을 견딘 작품을 쓴 작가들은 답을 쉽사리 내리지 않았다. 문학가이든 철학가이든 말이다. 그러나 여전히 인간이라면 해야 할 질문을 던지는 이야기들을 써 왔다. 그들에게는 care의 마음, 즉, 그 시대를 향한 비탄과 슬픔, 울부짖는 마음이 있었다. 나에게 진정으로 care의 마음이 있는가? 당신에게도 이 마음이 있는가?

쓸모없음이 '쓸모'를 만들어 낸다. '쓸모' 안에는 기술과 마음이 함께 담겨 있어야 한다. 마음이 서로를 이어주며 진정한 변화를 낳게 한다. 이 마음은 '쓸모없음'의 시간에서 태어나고 유지된다. 이 또한 너무 목표 지향적인가 싶지만, 우리 모두 이 '마음'을 잃지 않았으면 한다.

_변은혜

독자의 몫

《종이 여자》 기욤 뮈소. 밝은세상. 2023

독서법 강의를 하다 보면, 꼭 받는 질문 하나가 있다. "읽었는데 기억이 나지 않아요. 어떻게 하면 잘 기억할 수 있을까요?" 나는 이 질문에 늘 이렇게 대답한다. "꼭 다 기억해야 하나요?", "기억하는 것이 가장 중요할까요?", "책을 읽는다는 것은 다 기억하려고만 읽는 것은 아니에요."라고.

물론 몇 시간 공들여 한 권의 책을 다 읽었는데, 무엇을 읽었는지 머리가 하얘지는 경험은 참 난감할 것이다. 들였던 시간이 아깝기도 하고, 다시 읽어야 하나 하는 생각도 들고, 기억하지 못하는 자신이 한심하기도 할 것이다. 아직은 문해력이 약해 글자는 읽었지만, 전체 이야기에서 핵심만 파악하는 능력이 부족할 수도 있고, 읽고 정리하는 독서의 기술이 부족한 것일 수도 있겠다. 이런 부분들은 시간이 지나고 읽는 근력이 생겨남에 따라 충분히 나아지리라고 본다.

그러나 정말 독서에서 그보다 중요한 것은 무엇일지 다시 생각해 보자. 모든 내용을 꼼꼼히 기억해 내는 일일까? 물론 기본 용어를 인지하여 익숙해지고, 배경지식을 어느 정도 암기해 놓을 필요가 있는 내용도 있다. 나 또한 세 시간 동안 읽은 한 권의 책을, 언젠가는 활용하겠지, 하는 마음으로 읽은 시간만큼을 들여 밑줄 친 문장들을 그대로 필사했던 시기도 있었다. 손을 움직여 필사하면 뇌도 다시 활성화되고, 재독의 효과도 있고, 언젠가 이 내용을 활용할 확률도 높을 것이다. 그러나 돌아보건대 많은 분량을 적어놓는다고 해서, 오랜 시간 공들여 필사한다고 해서 더 많이 기억하거나, 다시 들쳐 보는 일은 그리 많지 않았다.

책은 그저 하나의 도구일 뿐이다. 내 안에 모든 답이 있다고들 하지만 속도의 시대에 자신을 깊이 성찰해서 내 안에서 답을 끌어낼 여유가 많지 않다. 그래서 갈수록 생각의 깊이는 얕아지고 있다. 이때 독서는 잠시 멈추고, 내 삶을 들여다보며 생각의 우물을 길어낼 마중물이 되어 준다. 한 권의 책은 하나의 질문이 되어 내게 돌아온다. 이 질문은 나를 잠시 멈춰 세운다. 느리게 읽든, 빠르게 읽던지가 중요하지 않다. 모든 것을 꼼꼼히 살펴 자세히 읽는 것보다, 빠르게 한 권을 해치우는 것보다 더 중요한 것은 그 속에서 하나라도 내 삶과 공명하는 부분을 가로채어 그것을 통해 자신 안으로 깊이 들어가는 것이다.

기욤 뮈소는 《종이 여자》라는 소설에서 이와 같은 독서 철학을 주인공의 입을 통해 나눈다. 스토리를 잠깐 공유하자면, 흑인 빈민가에서 자라나 같은 고통을 공유하고 있는 세 친구, 톰, 밀로, 캐럴이 나온다. 이들은 서로를 통해서 삶을 긍정적인 방향으로 설계한다. 그 중 톰은 베스트셀러 작가가 되는데, 사랑하는 연인과 이별을 겪는다. 이후 성공을 보장한 시리즈 세 번째 책을 쓰기를 포기한 채 약물에 의존하며 삶을 스스로 망가트리고 있다. 톰을 다시 글 쓰게 하려는 친구 밀로와 캐럴의 눈물겨운 노력은 정말 그들의 진한 우정을 보게 한다.

톰이 여전히 방황하고 있을 때 톰이 만든 소설 속 인물 '빌리'라는 여성이 갑자기 톰 앞에 나타난다. 믿을 수 없는 이 상황을 톰은 어느새 믿게 되고, 자신이 만든 소설 속 인물 '빌리'와 사랑에 빠지게 된다. 빌리를 통해 다시 글을 쓰게 되지만, 빌리를 소설 안으로 다시 보내주어야만 하는 시간이 온다. 소설 속 빌리와 현실의 톰, 소설과 현실이 공존하는 듯한 이야기 속에서 톰은 소설을 읽는 독자의 역할에 관해 이야기한다.

"책이 서점에 깔리는 순간부터 책은 내 소유가 아니라고."

"바로 그거야 그때부터 책은 독자들의 소유가 되는 거야. 나한테서 배턴을 넘겨받은 독자들이 주인공들을 자기화하지. 그러고는 자신의 머릿속에서 새롭게 주인공들의 세계를 만들지. 독자가 자기 방식으로 책을 해석해 내가 애초에 의도했던 것과 전혀 다른 의미를 부여하는 경우도 종종 있어. 하지만 그건 극히 자연스러운 일이라 할 수 있어."

"책이란 건 독자와의 관계를 통해서만 실질적으로 존재한다고 믿어 왔다. 나 역시 좋아하는 책을 읽을 때면 언제나 그 책에 흠뻑 빠져 혼자만의 상상의 세계에서 수만 가지 가정을 하고, 줄거리를 예측하고, 작가를 앞질러 가고, 책을 덮고 나서도 오랫동안 머릿속에서 주인공들의 후일담을 쓰곤 했다. 독자들의 상상력이야말로 인쇄된 활자들을 뛰어넘어, 텍스트를 초월해 이야기에 온전한 생명을 불어넣어 주는 것이다."

픽션과 허구의 경계를 아슬아슬하게 허물며 넘나드는 소설이다. 현실로 도피하기 위해 손을 뻗은 픽션이 일순간 우리의 현실이 되어 버릴 수 있음을 작가는 말한다. 《종이 여자》는 작가가 썼지만, 그 책을 기반으로 독자가 또 다른 상상을 하고, 자신만의 이야기를 써 갈 때 소설은 생명력을 얻고, 진짜 이야기가 시작된다. 소설만이 그럴까? 모든 책이 그러하다. 시도 에세이도 실용서도.

책을 읽고 그 내용을 달달 외우거나 꼼꼼히 기억하는 것보다 더 중요한 것은 어느 한 부분이라도 그것을 통해 독자 자신만의 이야기로 건너갈 때 진짜 독서는 시작된다. 이처럼 진정한 독서는 작가가 독자와 손잡고 함께 창조해 가는 것이다. 작가가 이야기의 반을 썼다면, 나머지 이야기의 반은 독자의 몫이다.

이야기의 반을 써가기 위해서는 또 다른 느림이 필요하

다. 이를 위해 글쓰기를 추천한다. 독서도 삶의 속도를 늦추는 일이지만, 글쓰기는 더욱더 그 속도를 멈춘다. 독서는 잠시 멈칫멈칫할 수 있지만 글쓰기는 좀 더 오랜 시간 멈춰야 한다. 생각만으로는 머릿속에서 맴돌다가 끊기거나, 그 이야기가 더 진전되지 못하고, 눈앞의 급한 일에 사로잡혀 곧 휘발되어 버린다.

그러나 글쓰기라는 시각화는 약간의 끈기만 있다면 책 속 저자가 건네는 이야기에서 머물지 않고, 나의 이야기로 건너와 좀 더 그 이야기에 파고들어 이어갈 수도, 새로 만들어갈 수도 있다. 여기서 독자는 작가 못지않게 또 다른 창작의 기쁨을 소소하게 누린다. 혹시 저자의 생각을 흡수하는 데만 급급한 반쪽 독서만 하고 있다면, 좀 더 독자로서의 주체적인 권리의 몫도 챙기길 바란다. 수동적인 독자에서 더욱 능동적인 독자로 자기만의 이야기를 이어가기를 응원한다.

_변은혜

나만의 사전 하나씩
가슴에 품고

《아무튼, 사전》 홍한별. 위고. 2022

    수년 전에 《번역은 반역이다》라는 책을 읽은 적이 있다. 그때 번역에 따라 글이 전하는 뉘앙스나 메시지가 어떻게 완전히 달라질 수 있는지, 단어 하나, 문장 하나로 어떻게 또 다른 창작이 될 수 있는지 알게 되었다.

    얼마나 많은 단어를 알고 있는지 뿐만 아니라 문맥에 맞게 최적의 단어를 제 위치에 놓을 수 있는지는 번역자에게 무척 중요하다. 단어를 많이 가지고 놀 수 있는 자, 문맥을 제대로 읽을 수 있는 이가 번역도 잘한다.

게걸스럽게 단어를 모으자

> "나는 강박적으로 단어를 모으고 모은다. 단어가
> 모자라서 할 말을 다 하지 못할 것 같은 두려움
> 때문에."

우리 모두 말할 때나 글을 쓸 때 적절한 어휘가 생각나지 않아서 표현하지 못했던 경험이 하나씩은 있을 것이다. 이는 글 쓰는 이에게뿐 아니라 번역가에게도 해당한다. 번역가는 여러 개의 사전을 끼고 사는 사람이다. 그는 하나의 단어를 옮기기 위해서 가장 적절한 단어를 찾아 온, 오프라인 가리지 않고 여러 사전 사이를 헤집고 다닌다. 갖은 노력 끝에 가장 알맞은 단어를 발견했을 때의 기쁨이란 번역자에게 주어지는 보상 중 하나다.

누군가 말했다. "언어의 한계는 세계의 한계"라고. 글 쓰는 이에게나 번역자에게나 아니, 무엇인가 말로 표현하고자 하는 이들에게도 쓸 수 있는 단어는 많을수록 좋다. 이를 위해 《아무튼, 사전》의 저자는 단어를 '강박적으로', '게걸스럽게' 모아야 한다고 표현한다. '게걸스럽게'라는 단어를 가져오기 위해 그는 얼마나 고민했을까 하는 생각이 순간 스쳐

지나간다. '게걸스럽게'라는 단어의 뜻을 사전에 찾아보니 '몹시 많이 먹고 싶거나 하고 싶은 욕심에 사로잡힌 듯하다.'라고 쓰여 있다. '염치없이 마구 먹는 모양'을 뜻하기도 한다. 그렇게 긍정적으로 보이는 단어는 아니다. 체면 따위는 집어치울 만큼 애정을 넘어선 집착, 욕망을 보여준다.

글을 조금이라도 꾸준히 써 보려는 나는 사실 단어를 강박적으로도 게걸스럽게도 모으지 않는다. 그러나 계속 글을 쓰려면 이런 노력을 기울여야 한다. 최근 책 한 권을 출간했다. 한 권의 책을 출간하고 나면 기쁘기도 하고 속 시원하기도 하지만, 더 풍성하게 표현하지 못한 부분에 대한 아쉬움이 늘 남는다. 그러나 출간한 책은 딱 그때만큼의 내 어휘의 수준, 생각의 수준을 말해줄 뿐이다. 더하거나 더할 수가 없다. 아쉬움에 미련을 두기보다 또 다음 책을 위해서 나는 열심히 읽으며 새로운 단어를 모아갈 뿐이다.

내가 단어를 모으는 방법은 책을 '강박적으로', '게걸스럽게' 읽는 것이다. 한 권의 책은 하나의 세계다. 탐험하듯 한 권의 책을 정복하며 새로운 세계를 맛본다. 자신의 세계를 더욱 확장하기 위해서는 다양한 장르의 책을 읽어야 한다. 늘 익숙한 책만 읽는다면 같은 세계에서 맴돌게 된다. 불편하더라도 미지의 세계를 탐험하듯 새로운 장르의 책을 읽어가야 한다.

단어를 모은다는 것은 결국 생각을 모으고 세계를 확장해 간다는 뜻이다. 새로운 단어를 모아가며 생각이 더 깊어지기를, 세계가 더 넓어지기를 소망한다.

단어의 힘

"정보와 지식을 축적하려는 욕구는 재화를 축적 하려는 부르주아적 욕구와 다르지 않다. 우리는 동전을 모으듯 단어를 모은다. 힘을 갖기 위해서. 동전과 단어의 차이점은 단어는 아무리 써도 줄 지 않는다는 것이다."

동전과 단어의 공통점이 있다. '만들다'라는 의미가 있는 영어 동사 'mint'가 목적어로 취할 수 있는 대표적인 단어 두 개가 바로 '동전'과 '단어'이다. 'mint a word'는 단어를 새로 만들어낸다는 말이다. 또 'coin'은 동전을 뜻하지만 '새로운 단어를 만들어내다.'라는 뜻으로도 자주 쓰인다.

동전 안에 '새로운 단어를 만들어내다.'라는 뜻이 포함되는 것이 신선했다. 자본주의 사회는 돈을 가진 자가 힘이 있다고 하는데, 단어를 가진 자의 힘도 만만치 않음을 시사하는 것일까? 《아메리칸 노트》의 너새니얼 호손은 "사전에 있는 단어는 그저 무구하고 무력하지만, 단어를 조합하는 방법을 아는 사람의 손에 그것이 들어갔을 때는 얼마나 강력한 선과 악의 도구가 되는지"에 대해 주의를 준다.

조지 오웰의 소설 《1984》에서는 신어를 담당하는 사전 편찬자가 등장한다. 그는 '진리성'이라는 국가기관에서 일하는 주인공 위스턴 스미스의 직장동료이다. 그는 비슷한 단어들은 모두 없애고, 하나의 단어만 남기는 일을 한다. 최대한 의미가 겹치는 구어들을 날마다 수십, 수백 개씩 삭제한다. 2050년이 되면 구어는 완전히 사라질 것이라고 그는 말한다.

단어의 수를 대폭 줄이는 까닭은 사고의 폭을 제한하여 전체주의적 통제를 더욱 쉽게 하기 위해서였다. 어렸을 때부터 오로지 신어만 사용한 사람은 평등이나 자유, 정의, 민주주의 등 사라진 단어를 알 수 없다. 국가에 대한 적대적인 생각이 들더라도 말로 표현하지 못하고 모호한 형태로만 남는다. 결국 반항적인 생각을 다른 이들과 나눌 수도 없게 된다.

이렇게 우리가 아무 생각 없이, 무심결에 사용하고 있는 단어에는 이런 힘이 있다. 단어로 사람을 죽일 수도 있고 살릴 수도 있고, 존재하던 세상을 죽이기도 하고 새로운 세상을 만들 수도 있는 것이다. 이 힘을 알고 있다면 누군가에 의해 조종당하고 있는지도 더 쉽게 분별할 수 있다. 분별할 수 있다면 그것을 용기 있게 거절하고 새로운 단어로 바꾸는 일 또한 할 수 있게 된다. 세상은 그 힘을 알고 있는 자에 의해서 움직이리라는 것을 소설은 보여준다.

《기분의 디자인》의 저자 아키타미치오는 70세 디자이너 할아버지다. 그의 트위터 팔로워 수는 10만이 넘는다. 그저 자신만의 감각으로 길어 올린 작은 문장들을 꾸준히 기록했다. 처음에는 몇백 명 되지 않았는데 그의 문장을 발견한 사람 한두 명이 공유하기 시작하면서 순식간에 10만 팔로워가 넘어갔다고 한다.

그러나 더욱 놀라운 것은 팔로잉은 0이라는 것이다. 오늘날 SNS를 하면서 팔로워를 늘리기 위해 맞팔이나 서로 이웃을 품앗이하는 행태를 그에게서는 전혀 찾아볼 수 없다. 그의 글은 화려하지도 분량이 많지도 않다. 예를 들면 이런 식이다.

끊임없이 책을 읽고 다양한 것을 자주 보세요.

그리고 끊임없이 잊어버리세요.

그 후에도 남는 것이 당신의 지식입니다.

좋은 기분을 유지하려면

주위에 기대하지 않는다.

나 자신을 아름다운 풍경이라고 생각한다.

단순하지만, 본질을 담은 짧은 글귀가 많은 이를 팔로워하게 만든다. 글의 힘은 이처럼 대단하다.

사라지고 태어나고

어떤 단어를 사랑한다면 사용하라, 그러면 진짜
가 된다. 사전에 있고 없고는 임의적인 구분일 뿐
이다. 사전에 있다고 해서 더 진짜가 되는 건 아
니다. 어떤 단어를 사랑하면 그 단어는 진짜가 된
다. _옥스퍼드 사전 편찬자 에린 매킨

결국 단어의 생존 여부는 얼마나 많은 이들이 그 단어를
사용하는 데에 있다. 유행어가 유통기한이 있듯이 단어에도

유통기한이 있다. 같은 단어이지만 그 뜻이 변하기도 한다. 그렇게 단어는 살아 있는 생물이다. 단어 또한 그 이름을 끊임없이 불러주었을 때 꽃이 되어 많은 이의 삶에 거주하게 된다.

이 말은 오용되고 변질된 단어 또한 역전할 수 있다는 사실을 알려준다. 억울하고 분하거나 또는 의로운 사람들이 있다고 하자. 이들에 의해 '사라지지 않도록' 끊임없이 사용되는 단어는 새로운 힘을 얻어 그 의미를 회복할 것이다. 그렇다. 사랑하면 자주 부르고 자주 사용하게 된다. 어떤 단어를 사랑할 때만 그 단어가 진짜가 되는 것이다.

세상의 모든 단어, 언어를 완벽하게 사전 안에 가두려는 일은 현실에 존재하지 않는다는 사실을 알기에 상상의 공간에서나마 이를 시도했던 이들이 있었다. 그러나 사전은 그것이 만들어진 시대의 편견이 낳은 산물일 수밖에 없고, 단어는 사전 안에 통제되어 있지 않다. 태어나고 잊히고 죽고, 다시 태어나기를 반복한다.

인간은 늘 현재에 만족하지 않고 결핍을 갖고 아무도 가닿지 않는 땅을 탐험하려고 했다. 독서도 결핍을 느끼는 자만이 한다. 더 많은 땅에 가닿으려고 읽는 사람은 더 읽는다.

결핍을 느끼지 못하고 현재에 만족하는 사람은 읽지 않는다. 이 맛을 모르기 때문에 읽기를 아예 포기한다. 독서의 빈부 격차가 큰 이유이다.

읽는 자들은 계속 읽으며 단어를 모으고, 새로운 세상을 탐험한다. 단어 때문에 울고, 아파하다가도 가슴 뛰는 순간을 맞이하기도 한다. 그리고 단어 사이사이에서 현재보다 더 나은 세상을 꿈꾼다. 그 자그마한 단어 안에 큰 세상이 담겨 있기에.

혹 새롭게 찾은 단어가 있는가? 나의 상태를 우리의 상황을 적절하게 표현하는 단어를 발견했는가? 마땅히 불러주어야 함에도 용기가 없어 주저하거나 부끄러워하는 단어가 있는가? 사람들의 입에서 오용되어 새롭게 의미를 회복해야 할 단어가 있지는 않은가?

두려움 없이 목소리를 발하고, 조금 더 나은 나와 세상을 이끌어가기 위해 게걸스럽게 단어를 모아보자.

_변은혜

여러분의 존엄성을 되살려 줄 수 있는 좋은 사람들을 많이 만나기를 바랍니다. 그리고 스스로 다른 사람의 존엄성을 되살릴 수 있는 좋은 사람이 되기를 바랍니다.

〈존엄을 지키며 사는 법〉 중에서

2장
어른의 문장

나의 '균형' 공연을
시작합니다

《균형》 유준재. 문학동네. 2016

　하브루타 그림책 코칭 자격증을 공부하던 중 추천을 받아 이 책을 읽게 되었다. 일반적으로 그림책의 제목은 주제를 직접 표현하기보다는 상징적인 의미를 지니고 있다. 그러나 '균형'이라는 제목을 들었을 때, 그림책이 아닌 인문서처럼 무겁게 느껴졌다. '균형'의 사전적 의미는 여러 요소나 상황 간의 조화로운 비율이나 상태, 즉, 서로 다른 것들이 잘 어울려 안정감을 이루는 상태를 뜻한다. '과연 균형을 어떻게 그림책으로 표현할까' 하며, 기대와 걱정이 반반 섞인 마음으로 그림책을 보았다.

첫 표지를 보면서, 바람이 빠지고 있는 듯한 모양의 풍선 그림이 눈에 들어왔다. 그 위에는 한 아이가 균형을 잡으려는 자세를 취하고 있었다. 그림책을 한 바퀴 돌려 보았지만, 어느 위치에서도 아이는 떨어지지 않고, 균형 자세를 유지하고 있었다. 아이의 모습이 마치 나와 같다는 느낌이 들었다. 왜 그렇게 느꼈던 걸까?

생각해 보니 지금까지 내가 일해온 유치원 어린이집 교사는 나의 꿈이 아니라 부모님의 소망이었다. 교사가 된 이후에도 수많은 시행착오를 겪었다. 현장에서 이론으로 배운 발달 사항은 참고 자료에 불과할 뿐, 실제 아이들의 모습과는 큰 차이가 있었다. 교사 생활을 하면서 다양한 관계 속에서 점점 지쳐 갔고, 고민하고 성장하는 교사보다는 안전성을 선택하는 교사가 되어버렸다. 그렇게 변해가는 모습이 익숙해졌지만, 마음 한구석에는 '이 모습이 내가 꿈꾸던 삶인가?'로 질문을 외면하며, 하루하루를 견디고 있었다.

9년 차가 되자, 외부적으로 보이는 모습, 즉 업무를 잘 수행하는 교사와 아이들을 잘 통제하는 교사가 유능한 교사라는 신념이 자리 잡게 되었다. 이 신념은 나의 핵심 가치관인 '존중'과 충돌하였다. 이러한 갈등이 반복되면서 점점 혼란스러워졌고, 능력을 인정받지 못하는 환경은 나를 분노하게 만들었다. 내가 원하는 대로 블록을 쌓는 것이 아니라, 다른 사람의 평가와 기준에 맞춰 블록을 쌓고 있는 느낌이었다. 결국, 나의 기준으로 살지 않았다는 생각 때문에 일에 집중하지 못했다. 그 여파로 작은 일에서도 실수를 하게 되었다. 실수 후에는 스스로 부정적인 꼬리표를 달며, '내가 문제야'로 인식하게 되었다.

이러한 부정적 꼬리표는 삶의 전반을 송두리째 바꿔놓았다. 내 잘못이 아닌 일에도, 다른 사람들이 나를 오해하기 시작했다. 점차 동료 교사들의 인식 속에는 나를 가치 있는 존재로 인정하기보다는, 문제를 일으키는 교사라는 프레임이 씌였다. 그래서 이런 고통에서 벗어나고 싶어, 교사 생활을 청산했다. 교사로서 어떤 환경에서도 도태되지 않으려고 애썼던 지난날들이 주마등처럼 스쳐 지나갔다. 그러면서 나는 그림책 주인공 친구에게 더욱 몰입하게 되었다.

인상 깊었던 장면은 주인공이 두려움을 이겨내고, 가장 높은 곳에서 점프하는 장면이었다. 그 모습을 보며 나는 큰 희열을 느꼈다. 나도 저 아이처럼, 두려움을 극복할 결단이 필요했다. 그 결단은 바로 기존의 나를 벗어던지고, 나를 찾는 여행에서 시작했다. 나에게 질문을 던져보는 것은 익숙하지 않았지만, 포기하지 않고, "내가 좋아하는 게 무엇일까?

"내가 이 세상에 어떤 이바지를 할 수 있을까 ?"로 질문을 끊임없이 스스로 던졌다.

하브루타를 접하면서 그 질문에 대한 답을 찾아갈 수 있었다. 함께 공부하는 선생님들의 다양한 이야기 속에서 또 다른 나를 발견했다. 하브루타를 할수록, 성장하는 내가 대견스러워졌다. 이 그림책에서도 주인공이 서커스 공연을 준비하며 성장하는 과정을 보여준다. 새로운 친구와 어떻게 협력해 가는지를 잘 표현하고 있다. 지금의 나도 서커스 신입 친구처럼 하브루타를 먼저 경험한 선배들의 지도를 받으며, 심도 있게 공부하고 있다. 함께 배우는 사람들의 이야기에 진심으로 귀 기울이며, 하브루타 문화를 가정과 아이들에게 어떻게 적용할지 고민 중이다.

그림책 마지막 장면은 등장인물들이 모두 모여 서로 손을 잡고, 탑 쌓기를 하고 있다. 그 장면을 보면서 '나의 마지막 공연은 무엇일까?'로 질문을 던졌다. 나의 마지막 공연에는 아이들이 있다. 어린이집에서 6년 차에 만났던 아이들이 떠올랐다. 플라스틱 컵에 무지개색을 표현하며 "선생님 힘내주스에요! 이거 먹고 힘내세요."라고 말했던 아이들, 지구촌 멀리 사는 친구들에게 곤드레를 만들어 물병을 배달하는 놀이를 하던 아이들, 겨울에 나의 입술이 건조해보인다며 걱정해주고, "선생님, 여기 입술 밴드 발라요."라며 나뭇잎을 건네주던 아이들, 추운 날 외투를 테니스 매트에 걸친 채 줄넘기를 하던 아이들, 졸업식 날 "예쁘게 키워주셔서 감사합니다."라고 말했던 아이들. 내 인생에서 아이들은 항상 곁에 있었다. 마지막 공연이라면, 아이들과 함께 탑 쌓기를 하고 싶다. 나의 공연 제목은 '행복의 나라로 초대합니다'이다. 아이들과 함께 손을 잡고 행복의 나라로 가는 이야기이다. 상상하기만 해도 입가에 미소가 끊이질 않았다.

그러나 행복의 나라로 가는 길이 그리 쉽기만 했을까? 생각해보니 행복의 나라로 가는 길에는 항상 시련은 존재했다. 돌이켜보니, 지금까지 나를 힘들게 했던 사람들도 어쩌면 나의 공연에 필요한 인물이었을지도 모른다. 그 덕분에 내가 어떤 가치를 중요하게 생각하는지를 알 수 있었고, 갈등을 해결하며 성장할 수 있었다. 이러한 과정이 있었기에 완성도 높은 공연을 만들 수 있었다.

먼지 속 쌓아올린 블록 그림을 바라보며 시련의 중요성에 대해 다시 한번 깊이 생각해봤다. 세상에 의미 없는 시련은 존재하지 않는다. 고난을 피하거나 부정하면, 결국 인생의 균형이 무너질 수 있다. 그동안 시련을 피하려고만 했고, 그래서 막상 어려움에 부딪혔을 때 어떻게 대처해야 할지 몰라서 다른 사람에게 의지하며 살아왔다. 다행히도 내가 시련을 견딜 수 있었던 것은 곁에 남아준 사람들 덕분이었다. 그 사람들 덕분에 스스로 이겨 내고 싶은 용기도 생겼다.

그래도 가끔은 부모님의 한 마디가 가시처럼 느껴질 때가 있다. "네가 그걸 할 수 있다고? 네 실력이 되냐?"라는 말에 여전히 상처받곤 한다. 하브루타를 배우면서 아이들을 가르치고 싶다고 이야기했는데, 엄마의 목소리가 귓가에 맴돌기 시작했다. "그거 한다고 얼마나 벌겠니? 무슨 의미가 있니?"라는 말이다. 그래서 시작하기도 전에 포기하고 싶었다. 그 내적인 음성이 나를 시작조차 할 수 없게 만들었다.

나의 삶이 균형을 잃고 쓰러진 후에야 깨달았다. "누가 이 음성에서 나를 좀 구해줘!"라고 말이다. 그런데 신기하게도 무너진 자리에서 나는 다시 스스로 균형을 잡기 위해 블록을 세우고 있었다. 마치 그림책 속 주인공처럼 말이다.

지금은 내가 사랑하는 하브루타를 포기하지 않고, 공부하고 배우러 가는 길이 가장 설렌다. 나의 설레는 발걸음처럼, 지금도 균형을 맞추기 위해 발걸음을 내디디고 있는 모든 사람에게 이 책을 건네주며 응원하고 싶다. 무너졌다고 해서 그것이 의미 없는 것은 아니다. 당신의 공연이 그 어떤 공연보다 궁금하고 기대가 되니까.   _안지윤

욕망,
진정한 나를 돌아보다

《욕망의 심리학》 카트린 방세. 마인드북스. 2005

    내 인생 영화 중 하나는 〈인사이드 아웃〉이다. 특히 이번에 개봉한 〈인사이드 아웃 2〉는 벌써 다섯 번이나 보았다. 새롭게 등장하는 여러 가지 감정이 있는데, 그중 내가 몰입한 감정은 부러움이었다. 왜 나는 부러움이라는 캐릭터에 집중했을까? 왜냐면, '불안'을 자극했던 감정이 바로 부러움이라는 생각이 들었기 때문이다. 내가 가지지 못하는 것에 대한 부러움, 즉 욕망이라고 생각한다.

    '나는 어떤 욕망이 있는 사람일까?'라는 질문을 하면서, 도서관에서 《욕망의 심리학》이라는 책을 만났다. 나의 욕망은 많은 사람에게 인정받고, 사랑받고 싶은 것이었다. 하지만 현실에서는 충족되지 못했다. 그렇다면, 나의 충족되지 못한 욕망은 과연 어디로 갔을까?

저자는 "충족되지 못한 욕망은 가설에 불과한 미래에 투사하거나, 다양한 약에 기대어 그 욕망을 잊어버린다."라고 얘기한다.

나의 충족되지 않은 욕망은 SNS라는 약에 기대고 있었다. 포장된 나를 SNS에 올리면서 진정으로 내가 원하는 욕망이 무엇인지 잊어버리곤 했다. 그래서인지 SNS를 하지 않으면 불안감을 느꼈다. 때로는 다른 인플루언서를 보면서 '나도 언젠가 저렇게 살 거야.'라고 생각하며 상상하는 기쁨에 도취하기도 했다.

저자는 "상상하는 기쁨이 새로운 미래를 계획하면서 더이상 쓸모가 없는 낡은 계획을 폐기한다. 이렇게 이 계획, 저 계획을 전전하면서 아무 매력도 없는 일상을 견딜 만하게 만든다."라고 말한다. 나도 SNS를 통해 상상하는 기쁨에서 미래를 꿈꾸기도 하지만 가끔은 진정으로 '내가 원하는 미래의 모습인가?'를 고민했다.

이 책에서 저자는 SNS가 타인의 관심을 얻기 위해 한정된 주제에만 집중하게 만들어 결국 큰 긴장으로 이어진다고 말한다. 이는 SNS에 의해 자신의 내면의 목소리를 듣지 못했다는 것을 시사한다. 저자는 이를 "나에 대한 온전한 참여"가 부족했다고 설명하며, 가장 소박한 기쁨을 매일 추구하고 창조하며 재현하라고 조언해 준다. 이제는 나도 SNS로 인해 내면을 소홀히 했던 경험을 토대로, 나의 진정한 욕구와 목소리에 귀 기울이며 일상에서 작은 기쁨을 느끼려고 노력해 나갈것이다.

내가 일상에서 작은 기쁨을 느끼는 것이 소중하다고 생각하게 된 일은, 첫째를 키우던 15개월 즈음 찾아온 우울증 때문이었다. 이유 없이 눈물이 나고, 흔들리는 코스모스 옆에서 그저 울기만 했다. 아이와 관련된 이야기에도 관심이 없었고, 이 세상은 내가 없어도 잘 돌아갈 것 같다는 생각이 들었다.

그때 가장 친한 지인의 조언으로 그녀와 함께 심리 상담 센터에 방문했다. 심리 상담을 진행하면서 나를 돌이켜 볼 기회가 생겼다. 지금 생각해 보니, 그 당시 나는 나에 대한 믿음이 바닥을 쳤고, 타인과 비교하면서 자신을 사랑하지 않았다.

이 경험을 통해 나는 나를 다시 바라보게 되었고, 일상에서 작은 기쁨을 찾는 것이 얼마나 중요한지를 깨닫게 되었다.

그때 선생님의 권유로 명상을 하게 되었고, 지금까지도 이어지고 있다. 처음에는 자기 사랑 명상을 통해 나를 사랑하려고 노력했지만, 우울증이 나아지는 것은 없었다. 그러던 중 다른 명상을 찾게 되었고, 자기 치유 명상 가이드를 듣게 되었다. 그 과정에서 상처받은 나를 직면하게 되었다.

그날, 상처받은 내면의 아이가 원하는 욕망의 소리를 처음으로 듣게 되었다. 타인과의 비교 속에서 쭈그리고 앉아 있던 그 내면의 아이를 보듬고, 안아주면서 진심으로 그 아이가 원하는 욕망의 소리를 들었다. 그것은 바로, 있는 그대로의 나를 사랑해달라는 것이었다.

그 욕망의 소리를 들은 날부터 나의 우울증이 조금씩 나아지기 시작했다. 모두에게 사랑받고 싶은 욕망에서 상처받은 나를 직면하고 나서야, 나는 내가 좋아지기 시작했다.

저자는 "우리가 자기 자신과 좋은 관계를 유지하고, 자신의 내면세계를 사랑하는 법을 배운다면, 우리는 넘치는 기쁨과 온정을 타인에게 전달할 수 있게 된다."라고 이야기한다. 자기 사랑이 나의 시작점이 되면, 웅덩이에서 첨벙 뛰는 아이처럼 세상의 어떤 것에서도 기쁨을 얻을수 있을 것이다.

나도 자기 사랑을 하게 되면서 억지로 꾸며낸 미소가 아닌, 내면에서 뿜어져 나오는 진정한 웃음을 짓게 되는 나를 발견했다. 그리고 내가 무엇을 좋아하는지, 무엇을 하고 싶은지, 상황에 대해 어떻게 생각하는지에 집중하게 되었다. 그런 생각들이 꼬리를 물면서, 긍정적으로 내가 무엇이든 할 수 있다는 자신감이 생겼다.

잠재력을 발현할 수 있는 일을 찾기 시작했다. 나에게 영감을 주는 것들을 지속해서 기록하다 보니, 선물처럼 '하브루타'라는 교육을 만났다. 하브루타 교육을 공부하면서 매 순간 나를 옭아맸던 질문이 아닌, 좋은 질문을 매일 만나고 있다.

특히 '어떻게 사람들과 행복하게 가치를 나누지?'로 고민을 끊임없이 한다. 나에게 부정적인 질문이 지워졌다는 것만으로도 감사할 따름이다. 이러한 변화는 나의 삶에 긍정적인 영향을 미치고 있으며, 앞으로도 계속해서 나의 잠재력을 발견하고 키워나갈 것이다.

더불어 새로운 사람들을 만나면서 관계에 대한 생각이 변화되었다. 내 고정관념이 무엇인지 스스로 깨닫고, 그것을 깨는 일부터 관계는 시작될 수 있음을 알게 되었다.

사람을 판단하지 않고 관찰하면서 그 사람의 장점을 먼저 보고 재해석하였다. 점차 관계에 대한 문제들이 점차 해결되었다. 이러한 접근은 나의 인간관계를 더욱 풍요롭게 만들었고, 상대방을 이해하는 데 큰 도움이 되었다.

저자는 "여기서 타인에게 마음을 열어야 하지만, 타인이 마음대로 부려먹을 수 있는 존재가 되어서는 안 된다."라고 경고한다. 관계란 나와 타인 사이의 균형을 찾기 이전에, 자기 자신의 내적 균형을 찾아가라는 이야기이다.

내적 균형감이 얼마나 중요한지, 균형을 잃어본 경험이 있었기에 더욱 잘 알 수 있었다. 즉, 균형을 잃어가는 신호는 그 욕망의 소리로부터 온다는 것이다. 그 욕망의 소리는 어쩌면 적극적인 나의 참여를 원하는 소리일 수 있다. 행복해지는 길을 직접 이야기해주는 가이드역할인 것이다.

헛된 미래에 대한 욕망의 기대를 줄이고, 나에게 주어진 삶을 의미 있게 살아가는 것이 나의 최종 목표이다. 〈인사이드 아웃 2〉에서 기쁨이가 춤추는 장면을 보고 있는데, 큰아들이 말했다. "엄마의 감정은 지금 누가 저렇게 춤추고 있어?" 나는 당당하게 "지금은 기쁨이가 스케이트를 타고 있어."라고 대답했다. 당당하게 기쁨이가 스케이트를 타고 있다고 말할 수 있는 내가 대견스러웠다.

　오늘도 끊임없이 온전한 나로서 참여한다. 그 참여는 나의 욕망의 소리에 귀 기울이고, 욕망을 사랑하는 일에서부터 시작한다. 오늘부터 스스로를 한 번씩 안아주자. 가슴 가득 나를 느껴보자. 호흡하고 있는 나에 대해 감사하며, 욕망에 휘둘릴 수 있는 환경에서도 꿋꿋이 이겨내고 있는 나에게 "사랑해!"라고 말해보자.

　"이제는 변화를 꿈꾸기보다 제가 살아야 할 삶에 가장 잘 적응할 수 있도록 해줄 것입니다." 저자의 말처럼 지금까지 욕망의 소리를 들었던 경험은 하나로 집결되어 우리가 원하는 방향으로 나아갈 수 있게 힘을 제공해 줄 것이다. 더불어 내면의 중심이 단단해질 것이다.

　내 안의 욕망 소리여, 언제든 나를 불러다오! 두 발로 뛰어 너에게 가려니._안지윤

감정에서
퍼스널 컬러 찾기

《감정의 발견》마크브래킷. 북라이프. 2020

눈앞에 사물들이 물속에 가라앉은 것처럼 그렇게 통곡해 본 것은 그날이 처음이었다. 엄마에게 그간의 설움을 토하듯 쏟아내며, "왜 내 마음은 생각해 주지 않고, 그런 식으로 말하는 건데? 왜 나를 존중해주지 않아?"라고 말했다. 엄마의 비난에 나도 모르게 내 몸이 스스로 주저앉아버렸다. 누구보다도 엄마에게 인정받고 싶었나보다.

하루 중 나에게 집중할 수 있는 시간이 아이들이 잠든 후 2시간 정도 남짓이었다. 그 시간을 쪼개 가며 자기 계발, 인문학, 경제 등 다양한 공부를 하며 누구보다 열심히 하루를 살았다. 하지만 엄마는 "우리 딸 참 애쓰고 산다. 기특하네."
라고 다정하게 말해주기보다는 "그렇게 사는 것도 네 팔자
다." 또는 "네가 결혼을 잘못한 거지, 누굴 탓하나."라는 말
로 돌아왔다.

결국, 참아왔던 눈물을 쏟아내며 내 감정을 엄마에게 쏘
아붙이듯 말하기 시작했다. 대답은 "네가 어디 감히 엄마에
게 화내냐."라는 말로 돌아와 상처가 되었다.

그날 이후 나는 생각했다. 감정 표현을 하면 엄마가 나를
외면해버릴까 두려웠다. 결국, 나는 감정 표현을 외면하는
길을 선택했다. 그러면서 점차 사람들과의 관계에 있어 만남
이 힘들고 지쳤다. 외면해온 감정들이 언제 터질지 모르는
시한폭탄처럼, 매일 붙들어 안고 살았기 때문이다.

저자는 "고통에 허덕이면서 침묵해버리면 우리를 진정으
로 알아주고 이해하며 공감하고 가장 크게 도와줄 수 있는
사람을 막는 꼴이 되어버린다. 결국, 스스로 주변 사람들에
게 '난 괜찮지 않을 때도 괜찮아. 참견하지 마. 끼어들지 마.
말하기 싫으니까 왜냐고 묻지도 마.' 이런 메시지로 전하게
된다."라고 말한다.

결국, 갈등이 생길 때, 내 감정은 터져버리고 말았다. 그
러면 사람들의 눈초리는 "평소에 안 그랬는데, 왜 저래?" 또

는 "왜 저렇게까지 예민하게 행동하는 거야?"가 되었다. 결국, 나의 선택은 갈등이 생긴 사람을 마음속에서 지우개처럼 지워버리는 것이었다. 그래서 그 사람들과 대화할 기회조차 박탈해버렸다.

이런 반복되는 관계의 악순환은 어디서 시작됐을까? 그건 감정 표현을 제대로 하지 못하는 나로부터 시작된 것이었다. 감정을 건강하게 표현하면, 사람과의 관계에서 어떤 변화가 일어날까? 건강하게 감정을 표현하는 방법은 무엇일까? 나는 우연히 내 책장에 꽂힌 《감정의 발견》이라는 책을 꺼내 필사하기 시작했다.

저자는 제대로 된 감정 표현의 첫 발걸음은 내 감정에게 말을 거는 일이라고 설명한다. "난 네 이야기에 귀 기울이고 있어. 너를 평가하지 않아. 너를 이해하고 도움을 주고 싶어."라는 메시지를 보내야 한다. 이때, 경청은 감정 표현의 핵심이다.

나는 곧장 이 문구를 쓰고 난 뒤, 문구점에서 가장 눈에 띄고 마음에 드는 양장 노트를 골랐다. 그리고 표지에 '감정 마음 훈련 일지'라고 적으며, 1페이지에 나의 감정에게 따뜻하게 인사를 건네주었다. 그리고 마지막 문구에는 '변화하려고 노력하는 지윤아, 응원해. 언제까지나 사랑해.'라고 적었다.

매일 밤 10시, 30분 동안 감정 일기를 쓰기 시작했다. 처음에는 쉽지 않았다. 왜냐하면, 대부분 부정적인 감정에 거는 말이 많았기 때문이다. 다시 직면하기에는 정신적인 체력 소모도 상당했다. 하지만 나는 포기하지 않았다. 감정을 포기하고, 사는 삶이 얼마나 고통스러웠는지 누구보다 잘 알기에 글을 써내려갔다.

어느덧 감정에 말을 거는 것이 익숙해질 무렵, 나는 한가지 사실을 깨닫게 되었다. 나의 핵심 감정이 분노인 줄 알았는데, 알고 보니 기쁨이라는 감정이었다. 그렇게 나의 핵심 감정인 기쁨을 자세히 알아가자, 나는 사람들의 이야기 속 핵심 감정이 눈에 보이기 시작했다. 가장 큰 변화는 우리 아이들과의 대화에서 느낄 수 있었다. 아이들의 이야기 속에서 어떤 감정인지, "나도 저런 상황이면 어땠을까?"로 스스로에게 질문을 하였다. 점차 아이들도 마음을 열고 대화하기 시작했다.

책 속에서 반복되는 감정 과학자의 삶이 이런 삶이 아닐까 하는 생각이 들었다. 감정 과학자는 타인의 감정을 가치 판단 없이 바라보며, 어떤 감정이 옳은지, 유익한지, 객관적 현실을 반영하는지 의견을 제시하지 않는다. 단지, 감정이 생긴 이유에 대해 호기심을 갖고, 상대방의 감정을 경청하며 배우려는 욕구만 있을 뿐이었다. 감정 과학자는 열린 마음과 선한 의도로 감정에 접근한다. 감정 과학자라는 말은 생소하지만, 내가 이상적으로 생각하는 감정에 접근하는 방식이었다. 왜냐면 '존중'이라는 나의 가치관과도 부합되었기 때문이다.

감정 과학자의 관점은 감정의 밑바닥에는 각각의 원인이 있고, 그것은 사람마다 다르다는 것이다. 인간은 끊임없이 경험을 통해 자신의 관점에서 평가하며, 그것이 감정으로 이어진다. 그러니 그 경험에 관해 관심을 가지고, 탐색해 보면 그 사람의 감정을 이해할 수 있다. 따라서 감정을 이해하려면 나의 평가 기준은 중요하지 않고, 있는 그대로 보는 태도가 중요하다.

2년 전, 큰아들이 다니는 초등학교에서 전화를 받았다. 정서 발달 검사 결과, 아이가 또래 평균보다 우울과 불안 지수가 높다고 병원을 권유받았다. 나에게는 사랑스러운 장난꾸러기 아들이었지만, 학교에서의 모습은 내가 생각했던 것과는 반대였다.

그해부터 아들과 함께 심리 상담센터, 놀이 치료, 사회성 치료를 진행하게 되었다. 상담이 진행되면서 아들은 평소에 보이지 않았던 공격성을 나에게 많이 보이기 시작했다. 사실 그 해는 우리 가족에게도 큰 경제적 위기로 힘들었다. 거의 할머니가 육아를 전적으로 하셨고, 집안의 가장은 나였으니까. 엄마와 교육관 차이로 자주 말다툼을 하였고, 그런 모습을 아이들에게 많이 보여주었다. 나도 이성의 끈을 붙잡지 못하고 자주 아이 앞에서 예민해지기도 하고, 울기도 하며 불안한 모습을 자주 보여주었다. 감정조절이 힘들어, 분노의 불씨가 아이들에게 튄 적도 많았고, 그런 날이면 죄책감에 몸이 아프기도 했다. 상담하는 내내 선생님께 어떻게 해야 할지 몰라 도움을 요청하기도 하였다. 그때 선생님께서 나에게 심리학 논문을 쓰는 박사 과정의 선생님을 소개해 주셨고, 일대일 코칭을 받았다. 책을 읽는 내내 그때가 떠올랐다. 지금 와서 보니, 선생님과의 코칭 과정이 '감정 과학자가 되는 길이었구나!'라는 생각이 들었다. 코칭 과정에서 선생님이 주셨던 숙제 중 타인의 대화를 있는 그대로 관찰해서 기록하는 것이 있었기 때문이다. 그 숙제를 하면서 선생님이 하셨던 이야기가 저자의 이야기의 한 구절과 일맥상통하였다. "감정을 판단하는 평가를 계속해서 들으면 이내 그 목소리는 바깥이 아닌 안쪽에서 들려오게 된다. 자신에 대한 부정적인 시각을 내면화하는 것이다."라는 말이었다.

타인이 감정 표현을 했을 때 나의 기준과 맞지 않으면 부정적인 판단을 내렸다. 아이와 상호작용을 할 때도 그랬다. 아이가 부정적 감정을 표현했을 때, 그 감정을 이해해주려는 노력보다는 내 기준에서 판단해버리고 부정적인 이야기를 쏟아내었다. 우리 아이의 마음 속에는 부정적인 이야기가 끊임없이 소용돌이 쳤고, 기댈 곳 없는 아이는 외로움에서 허덕이고 있었다. 자신의 편이 없다고 내가 엄마에게 "내 말 좀 들어줘."라고 소리쳤던 그 날의 나처럼, 아이도 나에게 똑같이 이야기하고 있었다. 더이상 그 고통의 끈을 물려줄 수는 없었다. 나는 절실하게 '감정 과학자로서 자아'를 상상하며, 이 관점을 우리 아이에게 먼저 적용해 나갔다. 아이와 갈등이 생길 때마다 숨을 깊게 들이마시고, "나는 너에게 휘둘리지 않아. 나는 너를 지지하고 응원해. 엄마는 네가 건강하게 감정 표현하는 것을 함께 배울 수 있다고 믿어."라고 나의 내면에게 이야기했다.

그리고 "감정 과학자라면 저 행동에 어떻게 대응할 것인가?"라는 질문을 통해, 그 해결점을 아이에게 적용하려고 했다. 2년이라는 시간은 헛되지 않았다. 어느 순간, 아이와의 갈등 상황이 와도 "오늘은 어떤 배움을 아이와 나눌 수 있을까?" 하는 생각에 두렵지 않았다. 감정 과학자가 되어 아이의 이야기에 귀 기울이게 되고, 어떻게 표현해야 올바른 감정 표현일지 이야기 나누는 시간이 즐거워졌다. 이렇게 되기까지의 과정은 힘들었지만, 감정 과학자의 자아와 내가 가까워진 것이 아닐까 하는 생각이 들었다. 그 후 나도 감정을 표현하는 것이 자연스럽고 즐거워지기 시작했는데, 아이와 소통에 있어 내 감정을 정확하게 단어로 표현하기에 부족하다는 것을 느꼈다.

저자가 강조한 감정에 정확하게 이름 붙이는 행위는 감정 인식하기, 감정 이해하기, 감정 표현하기, 감정 조절하기까지를 연결하면서 감정에서 힘을 끌어내 행동을 이끈다고 한다. 정확하게 이름을 붙이지 않으면, 우리 감정은 고작 시작 단계에서 그치고 만다. 일단 감정에 정확하게 이름을 붙이면 감정에 내재한 힘을 얻을 수 있다. 나는 감정에 내재한 힘을 믿는다. 감정으로 휘둘리는 삶을 살았기에, 이제는 그 감정의 주인으로서 내 감정을 소중히 여기고 싶었다. 부정적인 감정도 나에게 필요한 감정이기에 덮어두는 것이 아니라, 정확하게 붙여주어 그 감정까지 안아주고 싶었다.

도서관에서 우연히 그림책 《감정은 무얼 할까》라는 책을 보면서, 그림에 표현된 감정을 아이와 함께 이야기 나누면서, 감정에 대한 수많은 어휘의 뜻을 찾았다. 지금은 하브루타식 감정 공부를 하고 있다. 감정 공부를 하면서 나를 잃지 않고, 나를 지키는 일은 내 감정에 대한 주인의식을 갖는 태도에서부터 시작한다는 것을 깨달았다. 우리가 느끼는 감정에 정확하게 이름을 붙여주고, 다른 사람과 소통하려고 노력한다면, 행복에 가까워질 수 있다.

더불어 꿈이 생겼다. 아이들이 감정 표현하는 것을 허용하고, 감정에 이름을 정확하게 붙여주는 일을 멈추지 않게 하도록 감정교육을 하고 싶다. 아이들이 문제 상황에서 그 감정을 어떻게 다뤄야 하는지 몰라 감정에 압도되어 고통받는 현실에서 벗어나게 해주고 싶다. 나 역시 나만의 감정 색깔을 찾고, 그것을 마음껏 표현하고 싶다. 감정에 귀 기울여주는 진정한 어른으로 성장하기 위해 오늘도 이 책의 문장을 하나씩 곱씹어본다.

_안지윤

나를 만나는
새벽몰입독서

《이어령의 마지막 수업》 김지수. 열림원. 2021

새벽 시간의 창조

　나는 책을 즐겨 읽지 않았다. 인생에서 힘든 일이 닥쳤을 때, 어쩔 수 없는 사건을 만났을 때 책에서 방법을 찾으려 했고, 자존감이 저 깊은 바닥으로 내려갔을 때 일어설 수 있는 원동력의 작은 불씨를 자기계발서에서 찾으려 했다. 그러나 그 유효기간은 길지 않았다. 나는 자기계발서대로 할 수 없었고 내 한계만 확인했을 뿐이다. 그런 힘든 감정들의 유효기간이 지나고 나면 책을 덮었고 읽기를 그만두었다.

코로나가 한창일 무렵인 2022년 1월 나는 새벽 5시에 일어나는 미라클 모닝 챌린지 커뮤니티에 들어갔다. 그때의 나는 늦은 나이에 결혼하고 육아를 시작하면서 많이 지쳐 있었다. 가정과 아이에게 집중하다가 나는 나를 점점 잃어버리고 있었다.

경력 단절로 인한 불안과 작아진 나의 모습에 마음이 불안하고 불편했던 시기였다. 그때 챌린지를 시작하게 되었고 매일 5시 새벽 기상이라는 작은 성공을 맛보며 오롯이 혼자인 나만의 시간을 만들어 내었다. 그렇게 만들어진 시간 안에 나는 20분 책 읽는 시간을 넣었고 그렇게 나의 새벽 독서가 시작되었다.

처음에는 20분 책 읽기도 어려웠다. 20분 동안 5장을 읽어내기도 힘들었다. 그때의 나는 배경지식과 독서력이 그만큼 바닥이었다. 하지만 그냥 읽었다. 커뮤니티에서 얻은 꾸준함의 힘으로 몇 장이지만 매일 매일 읽어나갔다.

매일 매일 읽기 시작하면서 나에게는 느리지만 작은 변화들이 일어났고 삶의 방향을 달리 보기 시작했다. 지금에 와서 돌이켜 보면 챌린지를 시작하여 나만의 새벽 시간을 만들었고, 그 시간 안에 새벽 독서를 넣은 것이 행운이었고 내 인생의 큰 전환점이 되었다.

첫 번째 만남

그렇게 시작한 하루 20분 새벽 독서의 첫 책이 《이어령의 마지막 수업》이다. 책 읽기와 함께 인스타그램과 블로그에 독서 기록도 시작했다. 처음에는 그날 새벽 시간에 나의 마음을 두드렸던 한 문장을 올렸다. 그 당시 내가 올렸던 문장들을 적어본다.

- 2022년 1월 20일: "늙으면 한 방울 이상의 눈물을 흘릴 수 없다네. 노인은 점점 가벼워져서 많은 것을 담을 수 없어. 눈물도 한 방울이고, 분노도 성냥불 휙 긋듯 한 번이야."
- 2022년 1월 21일: "생활 속의 생각이 시가 되고 에세이가 되고 소설이 되고 철학이 되는 거라네."
- 2022년 1월 22일: "젊을 때도 그걸 알았지만, 안다는 것과 깨닫고 느끼는 것은 전혀 다른 거였어."

- 2022년 1월 23일: "궁극적으로 인간은 타인에 의해 바뀔 수 없다네. 스스로 깨닫고 스스로 만족할 수밖에 없어. 그게 자족이지. 자족에 이르는 길이 자기다움이야."
- 2022년 1월 24일: "마이 라이프는 기프트였어. 내 집도 내 자녀도 내 책도, 내 지성도. 분명히 내 것인 줄 알았는데 다 기프트였어. 내가 벌어서 내 돈으로 산 것이 아니었어. 우주에서 선물로 받은 이 생명처럼, 내가 내 힘으로 이뤘다고 생각한 게 다 선물이었더라고."

새벽 모두 잠들어 있는 고요한 시간에 마주한 이 책의 문장들은 육아와 일상에 지친 나의 몸과 영혼에 숨통이 트이는 것 같은 느낌을 주었다. 곁에 아무도 없는 오롯이 홀로인 나를 바라보며 나에게 질문하고 답하는 시간이었다.

그 첫 책이 이어령 선생님의 책이었다는 것은 나에게 행운이고 선물이었다. 새벽에 만나서 나에게 들려주는 한 문장한 문장은 죽음을 앞둔 스승님이 나에게 들려주는 인생의 가르침 같았다. 그 이야기를 들으며 나는 목이 꽉 메다가 마음

깊은 곳에서 솟아오르는 눈물을 왈칵 쏟아내곤 했다.

이 책은 인생의 마지막에서 바라본 삶의 의미와 가치, 그리고 우리가 잊고 사는 피할 수 없는 죽음을 준비하는 과정에서 느낀 깨달음의 이야기다. 반백 년에 가까워진 나이가 된 나에게, 자주 인생에 대한 이야기를 해주셨던 아빠가 돌아가신 후 의지할 곳이 없었던 나에게 책은 유언 같은 문장들을 들려주었다.

선물

그런 선물 같은 책으로 시작한 매일 새벽 20분의 책 읽기는 어느덧 2년이 넘고 3년이라는 시간 동안 계속 이어오고 있다. 매일 새벽 20분의 짧은 시간이지만 내게는 낮의 1시간 이상의 집중력과 맞먹는 시간이었다. 그렇게 매일 새벽 두껍게 꽁꽁 싸여진 나의 껍데기를 날카로운 문장들로 한 꺼풀씩 벗겨내었다.

벗겨내다 보면 구멍 숭숭 뚫린 허술한 나를 만나게 되었고 그 구멍들을 메우며 나는 책을 계속 읽어 가고 있다. SNS에 올리는 독서 기록도 문장만 올리는 것에서 점점 발전 되어 갔다. 나의 마음을 두드린 문장들이 내 몸을 통과해 만들어낸 나만의 문장들을 기록으로 남겨오고 있다.

책을 읽으며 맞이하는 하루는 무엇인가 충만한 느낌으로 시작하게 했고, 낮의 일상들은 나에게 읽어 나가고 있는 책들의 문장들을 비교하고 음미하고 사고하게 했다. 책을 읽으면서 문해력뿐만 아니라 사고력 공감력 등 여러 가지의 변화를 나는 직접 몸으로 체험하고 있다. 그렇게 되면서 짜증을 덜 내기 시작했고 나의 일상을 조금 거리를 두고 들여다보기 시작했다. 감정의 흐름대로 살아왔던 것에서 벗어나 조금 떨어져 나와 내 주위를 살펴보기 시작했다.

늦게 시작한 책 읽기의 첫 책이 《이어령의 마지막 수업》이다. 먼저 살아온 냉철한 스승의 유언 같은 문장에서 독서가 주는 치유의 힘을 느꼈다. 조금씩 치유되는 나를 보면서 죽는 그 순간까지 책 읽는 것을 놓지 않고 있을 나의 모습을 그리게 되었다. 조금씩이지만 쉬지 않고 꾸준히 읽는다면 누구든지 나와 같은 경험을 하고 독서인으로 살아갈 것이 분명하다. 일상에 지친 나에게 오롯이 나에게만 몰입할 수 있었던 새벽 독서가 큰 선물로 주어졌던 것처럼 누군가에게도 선물이 될 것을 믿는다.

_여희자

책 읽기에
늦은 나이는 없다

《다시, 책으로》 매리언 울프. 어크로스. 2020

책 육아의 시작

나이에 상관없이 엄마는 모두 처음이다. 적지 않은 나이 마흔하고도 둘에 엄마가 되었다. 20여 년의 직장생활을 했지만, 엄마는 처음이기에 모르는 것투성이였고 자유롭게 살던 나에게 육아는 너무 힘들었다. 친정엄마는 아프시고 시어머니는 멀리 지방에 계셔 주위에 도움받을 곳도 없어 오롯이 나의 몫이었다. 아이가 네 살 때쯤 한 도서 출판사에서 하는 문해력 진단에서 만족스럽지 않은 결과를 받았다. 갑자기 불안한 마음이 들어 책을 구입하고 6개월 정도 읽은 후 다시 문해력 진단을 해보았지만, 별 차이가 없었다. 그래서 구입한 책들을 잘 활용하고 책 읽는 아이로 키우고 싶은 마음에 북 큐레이터로 등록하고 교육을 받았다.

책을 큐레이터 해주고 영업하는 일은 그동안 내가 해오던 일들과는 전혀 다른 일이었다. 대학 졸업 후 숫자만 들여다보았던 내가 책 영업을 시작한 것이다. 그렇게 발을 들여놓은 곳은 또 다른 세상이었다. 이곳은 숫자가 아닌 문자를 기반으로 하는 곳이었다. 글이나 말로 내 생각을 표현하는 문해력이 기본인 곳이다. 이곳에서 내가 사용하는 어휘의 한계와 다른 사람에게 내 생각을 전달하고, 처음 만나는 사람과 관계를 맺는 사회성 부족의 민낯을 보게 되었다. 얼마나 부족한지 정말 절실히 깨달았다.

1년의 시간 동안 책을 아이에게 읽어주는 방법, 매일 읽어주는 것, 책을 읽으며 아이와 상호작용 하는 것, 책과 가까이하는 환경을 만들어 주는 것들이 얼마나 중요한지를 배우고 익혔다. 그렇게 1년 후 새벽 기상 챌린지 커뮤니티에 참가하면서 아이에게 읽어주는 동화책이 아닌 나를 위한 책 읽기를 시작했다. 새벽 몰입 독서 20분을 시작하게 된 것이다. 처음 내가 집중적으로 읽었던 책은 뇌 과학 관련 분야와 문해력, 책 육아에 관한 것이었다. 지금은 그만두었지만 돌이켜 보니 내가 무엇이 부족한지 어떤 역량을 필요한지를 깨닫는 시간이었다.

새벽 20분 다시 책으로

《다시, 책으로》는 새벽 독서 시작 초반에 읽었던 책이다. 책 제목처럼 나는 마흔하고도 중반을 넘은 나이에 동화책부터 읽기 시작했다. 처음 책 읽기는 아이에 초점이 맞추어져 있었다. 아이에게 읽어 주는 것에 집중했다. 너무 늦은 건 아닌지 마음이 조급해지고 불안했다. 지난 팬데믹 시기에 나의 아이는 유튜브에 너무 노출되어 있었다. 책을 읽어 주고는 있었지만 1년간 배우고 나니 그동안의 책 읽기가 턱없이 부족함을 알게 되었다. 아이 육아에 얼마나 무지 했던가를 깨달았다. 아이에게 열심히 읽어 주었지만 정작 나는 읽지 않는 엄마였기에 부족한 생각이 들고 내가 하는 말들에 확신이 없었다. 그런 자각 후 내가 먼저 책을 읽어야 하겠다는 생각이 들어 읽기를 시작했다. 꾸준히 읽어오고 있는 지금은 독서가 얼마나 중요한지 확실하게 말할 수 있다.

내가 아이에게 책을 읽히려는 것은 공부나 학습도 있지만 더 큰 이유는 지혜로운 삶을 살기를 바라는 마음에서였다. 지혜로운 삶을 어떻게 살아야 하는지 어렴풋이 알 것 같지만 어떻게 해야 하는지 솔직히 몰랐다. 이 책 속에서 지혜에 대한 해석의 문장들이 내 삶의 방향에 관해 확신을 주었다.

> "좋은 독자의 삶이 선사하는 선물 가운데 가장 높은 형식의 인지인 지혜는 읽는 삶의 궁극적인 표현입니다."
> "따라서 좋은 독자의 삶은 우리가 최선의 생각에 이르고 그것을 표현하도록 계속해서 관여하는 것입니다."

새벽 20분 짧지만, 꾸준한 독서가 1년이 되고 나니 아이에게 책을 읽혀야 한다는, 책 읽는 아이로 바꾸려는 강박에서 벗어나 책 읽는 엄마가 먼저라는 생각에 닿았다. 엄마가 책을 좋아하고 가까이한다면 그런 환경에서 자란 아이는 자기도 모르게 내면화되고 독서가의 길로 들어설 확률이 더 높을 것 같다. 나의 바람과 달리 독서가가 되지 않더라도 책을 읽지 않았던 엄마가 책을 읽어가면서 지혜로운 삶을 살아가는 엄마로 변화하는 모습을 보여주는 것이 내가 전해줄 수 있는 유산이 아닐까 하는 생각이 든다.

책 읽는 엄마, 책 읽는 아내

새벽 20분 책을 읽기 시작한 지 어느덧 3년을 채워가고 있다. 나의 책상 위에는 언제나 책이 펼쳐져 있고 그동안 읽어온 160여 권의 책이 책장을 넘쳐 바닥에 쌓이고 있다. 그리고 이제는 혼자 읽기에서 함께 책을 읽으며 논제 토론을 하는 '단단 북클럽'에 1년 넘게 참여하고 있다.

남편은 내가 독서를 시작한 처음에는 '저리하다가 말겠지'라는 생각을 했고 그런 나에게 관심도 없었다. 그러나 1년이 넘어서 나의 독서가 계속 이어지자, 이번에는 '학교 다닐 때 좀 그렇게 읽지'라는 핀잔을 주었다. 그런 시간이 2년을 넘어 3년을 채워가면서부터는 남편도 조금씩 변하는 듯하다. 얼마 전 박경리 작가의 《토지》 읽기 프로젝트에 참여하여 20권의 책들을 10개월 동안 천천히 읽고 있다. 토지 3권을 읽어 나갈 때쯤 자기는 《태백산맥》에 도전해 볼까라고 남편이 말했다. 꾸준히 읽어나가는 나의 모습이 남편에게 독서 열정의 작은 씨앗을 심어주고 있는 것 같다.

9살이 된 나의 아들은 3년째 매일 아침 일어나면 책을 읽거나 열심히 자판을 두드리는 엄마에게 아침 인사를 건넨다. 그러면 나는 무엇을 읽고 있는지 가끔 엄마가 읽고 있던 부분을 읽어주거나 새벽에 책을 읽고 쓴 글을 아이에게 들려줬다. 잘 쓰든 못 쓰던 무엇인가 쓰려고 애쓰는 엄마를 매일 아침 눈을 비비며 보고 있다. 그런 아침들이 쌓여가고 있다.

이제는 책 읽는 엄마와 아내에서 한발 더 나아가 글을 쓰고 있는 모습을 보여 주고 있다. 처음으로 3년의 책 읽기를 정리하는 마음으로 독서 에세이 공동저서 프로젝트에 도전 중이기 때문이다. 글을 쓰고 있다고 아들에게 알려주니 아들이 "이제 엄마도 작가야?"라는 말을 했다. 얼마 전 한강 작가가 노벨문학상을 받은 뉴스를 많이 접하면서 엄마도 그런 작가가 되는 거냐고 묻는 것이다.

불가능한 이야기지만 나는 웃으며 아들에게 대답했다. "한강 작가는 글쓰기를 삼십 년째 해 오신 분이야. 엄마는 이제 시작했어. 엄마도 십 년, 이십 년 계속 써야 작가가 될 수 있어. 기다려봐." 3년 전의 나는 내 입에서 이런 말이 나올 줄은 전혀 생각하지 못했다. 매일 몇 장이지만 읽어낸 시간이 쌓이며 나를 이렇게 변화시켰다.

얼마 전 뇌과학자 정재승 교수님의 강의를 들었는데 나이와 상관없이 책 읽는 뇌는 어릴 적부터 책을 읽는 사람과 비슷하게 변화된다고 한다. 늦게 시작한 책 읽기였지만 시작을 한 것이 잘한 일이었다고 자신 있게 말할 수 있다. 나이가 많아서 어릴 때 책과 친하지 않은 사람이라서, 책 읽기를 포기한 분들에게 전하고 싶다. 늦지 않았다고 다시 책으로 삶을 바꿀 수 있다고 말이다.

_여희자

책 읽기와 토론

《노인과 바다》 어니스트 헤밍웨이. 민음사, 2023

3년째 새벽 독서 시간이 쌓이면서 어느 순간부터 다른 사람들은 어떻게 생각하는지 궁금해졌다. 같은 책을 읽으며 어떤 생각을 하고 있는지, 내 생각이 맞는지 궁금했다. 그런 생각들을 자주 하게 되면서 나는 북클럽에 관심을 두게 되었고 책마음 커뮤니티에서 진행하고 있는 논제 토론 중심인 '단단 북클럽'에 가입하였다.

문학소녀도 아니었고 성인이 되어서도 책을 가까이하지도 않았고 일기조차 쓰지 않았던 내가 책 중심으로만 대화를 나누는 독서 모임에 등록을 한 것이다. 3년 전의 나로서는 상상하지 못했던 방향으로의 삶이다. 2023년 9월 23일. 책을 읽기 시작한 지 1년하고 9개월 만의 변화였다.

마흔이 넘어 읽는 고전

단단 북클럽을 9기에 들어가서 2024년 10월 7일 종료된 14기까지 36권의 책을 함께 읽고 생각을 나누고 있다. 북클럽을 시작하면서 나의 독서는 다양해지고 깊이 읽기를 하게 되었다. 내가 주로 읽었던 자기 계발, 사회과학 책이 아닌 인문학 책들과 사회문제를 집어주는 에세이들을 접하게 되었다. 특히 학생 때 고전을 많이 읽지도 않았지만, 성인이 되어서는 거의 읽은 기억이 없다. 기억나는 고전이 열 손가락에 꼽을 정도인 내가 북클럽을 하면서 고전을 다시 읽기 시작한 것이다.

많이 알려진 어렴풋이 줄거리만 생각나는 《노인과 바다》를 다시 읽었다. 10대에 읽고 30년이 지난 40대 중반에서야 말이다. 줄거리는 알고 있었지만, 다시 읽어 보니 새로운 책이었다. 이제는 어느덧 반세기 가까이 살아온 경험 때문인지 한 문장 한 문장의 의미를 조금 더 깊이 이해할 수 있었다. 작가의 삶과 작품 속에서 인간의 본성과 사회에 대한 통찰을 볼 수 있었고, 특히 삶의 자세에 대한 문장들이 눈길을 끌었다.

　"하지만 난 정확하게 미끼를 드리울 수 있지, 하고 노인은 생각했다. 단지 내게 운이 따르지 않을 뿐이야. 하지만 누가 알겠어? 어쩌면 오늘 운이 닥쳐올는지. 하루하루가 새로운 날이 아닌가. 물론 운이 따른다면 더 좋겠지. 하지만 나로서는 그보다는 오히려 빈틈없이 해내고 싶어. 그래야 운이 찾아올 때 그걸 받아들일 만반의 준비를 갖추고 있게 되거든."

　"지금까지 그는 그런 입증을 수천 번이나 해 보였지만 결국 아무런 의미도 없었다. 지금 또다시 그것을 입증해 보이려고 하고 있었다. 매 순간이 새로운 순간이었고, 그것을 입증할 때 그는 과거에 대해서는 조금도 생각하지 않았다."

　이 문장들은 《노인과 바다》라는 작품과 헤밍웨이가 살아온 시대의 기록이 더해져 삶에 관한 진실을 나에게 전해준다. 나이가 들면 주위에 이런 조언을 해주는 사람들을 만나기가 쉽지 않다. 아빠가 돌아가시기 전에는 인생에 대해 대화를 종종 하곤 했는데 이제는 내 곁에 계시지 않는다. 책을 읽기 시작하면서 먼저 삶을 살아간 인생 선배들의 수많은 조언을 들을 수 있었다. 책을 읽으며 나를 일깨워 주는 문장들에 울고 웃었다. 그러면서 언제든지 내가 찾기만 하면 나를 위로해 주고 도전할 힘을 주고 충고도 해주는 멘토들을 만났다.

북클럽을 계속하게 되면

나는 단단 북클럽을 시작하며 내가 관심 두지 않았던 여러 분야의 책들을 읽기 시작했다. 내가 선택하지 않았을 책이었던 여성문제와 전쟁 그리고 여러 가지 사회 문제에 대한 책을 읽어가면서 나에게만 집중되어 있던 시선이 조금씩 확장되어 갔다. 그러면서 사회에서 일어나는 일들에 대하여 단순히 보이는 것이 아닌 그 뒤의 의미를 파악하려고 했다. 또한 주어진 책의 논제에 대하여 나와 다른 사람들의 생각을 듣고 그 의미를 파악하고 경청하는 연습을 하게 되었다. 내 생각을 전달하는 연습을 할 수 있었다.

혼자 읽는 것이 아닌 함께 읽는 경험을 하게 되면서 나의 독서는 더 깊어지고 넓어졌다. 독서 논제 토론을 한 지 1년이 되어가는 지금에서 돌이켜보면 혼자 읽기만 했더라면 나의 독서는 계속 그 자리에 머물며 고지식한 사람으로 변해 있을 것 같다. 내가 아는 것이 전부인 양 다른 사람에게 내가 알고 있는 것을 전하기만 하려는 소통하지 못하는 사람이 되었을 것 같다. 책에 대한 논제를 가지고 토론하면서 나는 다른 사람의 생각과 마음에 공감하려는 사회성이 높아진 것 같다.

아직도 나의 독서와 토론은 진행 중이다. 3년을 이어오고 있는 독서와 1년째 해오고 있는 토론으로 내 안에서 일어나고 있는 변화들이 10년이 되고 20년이 되면 어떻게 변화되어 있을지 어떤 또 다른 삶을 살고 있을지 궁금하다. 말할 수 있는 것은 나는 계속 한 걸음씩 앞으로 나아가고 있다는 것이다. 독서와 토론이 나를 이렇게 에세이를 쓰게 했다. 3년 전의 나는 상상도 할 수 없는 곳으로 나는 와 있다. 이 시간이 더 쌓이면 나는 또 어느 곳에 가 있을까.

_여희자

매일, 나를 이기는
게임이 하고 싶다

《말의 공식》 자스민 한. 토네이도. 2022

20대 초반에는 알파걸 느낌의 멋진 언니로, 30대 후반인 지금은 직업인, 어른으로서 존경하는 10년 넘게 짝사랑 중인 분이 있다. 2011년 싱가포르 취업 확정 이후 입사 전 생각 없이 여유를 즐기던 때, 블로그를 통해 《말의 공식》 작가인 자스민님의 글을 만났다. 커리어적으로도 존경스러웠지만, 젊은 '어른'을 만난 것 같아 지금의 자리로 둥지를 옮긴 후에도 작가의 타임라인 관찰은 계속되었다. '싱가포르 다이어리 - 셀프 브랜딩 - 협상과 코칭 - 워크 디자인 - 커리어 콘텐츠 - 말의 공식 출판'. 작가의 모든 키워드는 시간이 지나 연관 검색어처럼 모두 연결되어 '말의 공식'으로 점을 찍었다.

이 키워드들을 소화하는 데 10년 이상이 걸렸다. 평생을 책과는 담을 쌓고 살았던 나, "1등 못 해도 괜찮아, 제발 책 한 권만 읽어!" 하는 아빠의 잔소리를 넘어선 절규를 "영어, 수학, 과학 잘해서 좋은 대학만 가면 돼!" 하며 받아치던 나였다. 고등학교 시절 3년 내내, 매일 밤 신문 사설을 스크랩해 내 책상 위에 올려두었던 열혈 아빠의 깊은 속뜻을 20년 뒤에 깨달았다. 학문적 지식이 아닌 삶의 지혜, 인생 공식을 들려주고 싶었던 아빠의 마음을 이 책을 통해 이해했다면 아빠가 너무 억울해하실까?

명함만을 위해 커리어 개발, 연봉에 목매며 나를 증명하려고 애를 썼던 시간에 나타난 작가의 책은 출간 전부터 "이럴 땐 이렇게 해결하세요." 하고 나지막한 목소리로, 코칭을 해준 느낌이었다. 전문가들이 읽는 비즈니스 심리학, 자기계발 도서에 가깝다고 생각했던 이 책은 5살인 내 조카에게 하츄핑, 짱구 사탕 대신 사주고 싶은 선물이다.

작가는 말을 통해 협상의 기술을 익히는 과정보다 '협상' 그 단어를 이해하는 과정을 설명해 주었다. 나에게 협상의 정의는 명확한 조건을 교환하는 '기브 앤 테이크'였다. 매일 아침, 침대에서 일어나기 싫어 뒤척거리며 나 자신과의 협상하는 중이라고 인지하기까지 꽤 오랜 시간이 걸렸다. "요구 뒤에 숨겨진 욕구를 읽으면 대화가 쉬워진다." 작가의 말처럼 협상은 상대에게 힘을 주고, 나의 욕구도 만족시킨다. 일찍 일어나고 싶은 자아와 5분 더 자고 싶은 또 다른 자아가 매일 싸운다. 그냥 일어나서 기분 좋게 하루를 시작하자. 나의 까다로움을 남에게 들키지 않는 것도, 감정을 숨기지 못해 툭하면 투덜대는 친구를 인성이 좋은 친구가 아니다 판단하지 않고 모든 선택권을 넘겨주는 것 또한 협상의 일부다. "어디 갈래? 뭐 먹고 싶어? 다 네가 정해!"

이렇게 우리는 협상의 연속에 살고 있다. 출근 시간에 꽉 막힌 도로에서 분통이 터질 듯한 감정도 우리는 자신과의 협상으로 다스려야 한다. 거미줄처럼 얽히지 않은 간단한 일들도, 눈에 보이지 않는 내적 갈등도 모두 협상의 판에 깔려 있다는 것을 알고 나니 머리가 아프고 숨이 막힌다.

매 순간 결정을 해야 한다고? 결정이 무서워 재수는 일찌감치 접었고, 편입 대신 이민을 택했고, 이직은 꿈도 못 꿨다. 이런 나에게 이러한 내적 협상은 생존과 직결된다. 우리는 어떻게 매 순간 만족할 수 있을까? 이 질문이 나에게는 어떻게 생존할 수 있을까로 해석된다. 나에게 만족은 삶의 주도권을 갖느냐 마느냐의 문제다. 만족스러운 결과를 끌어낼 수 있을지 생각하지 말고 내 안의 욕구를 듣는 연습, 내 생각을 알아차리는 연습을 해보려고 한다.

우리가 아는 진짜 협상의 이야기도 있다. "원하는 것을 얻기 위해서는 상대에게 유용한 가치를 제공해 줄 수 있어야 한다는 점을 기억하세요." 지피지기면 백전백승이란 말이 있듯이, 상대를 알아야 서로 Win-Win이 가능하다. 서로 다른 '것'들이 만나 '가치'를 이룰 수 있다.

나는 현재 프랜차이즈 카페 직영점 운영과 비즈니스 매매 관리를 맡고 있다. 이 부분에는 두 가지 영업이 포함되어 있다. 커피와 음식을 파는 손님 응대 영업, 가맹점이 프랜차이즈 본사와 계약서에 사인을 해야 하는 비즈니스 매매. 이 두 가지를 놓고 보면 전혀 다른 분야 같지만 결제해야 하는 금액의 차이 말고는 크게 다른 것이 없다. 가장 큰 공통점은 회사가 가진 콘텐츠를 각각 다른 유용 가치를 추구하는 상대에게 제공할 수 있다는 점이다.

- 프랜차이즈 본사가 원하는 유용 가치
  · 현 시스템을 충실히 따를 수 있는 가맹점
  · 경쟁력과 수익성 있는 브랜드

- 프랜차이즈 매장의 손님이 원하는 유용 가치
  ·아침출근길 2분 안에 픽업가능한 테이커웨이 커피 한 잔
  ·저소득자, 고소득자 모두 부담 없이 외식할 수 있는 장소
- 프랜차이즈 가맹점이 원하는 유용 가치
  ·사장이 일하지 않았을 때도 창출되는 현금흐름
  ·구조화된 데이터(브랜드, 유통, 매장 디자인, 예산, 메뉴)

위의 부분에서 보면 프랜차이즈는 브랜드 창시자의 몸집만 불려주는 게 아니라 이익을 공유하는 모델이다. 너는 너의 일을 하고 나는 나의 일을 하면 되는 아주 간단한 시스템이다. 본사 – 가맹점 – 손님, 모두의 균형을 맞추면 다 같이 이길 수 있다. 내부, 외부 상대의 유용가치를 고려하면, 그리고 올바른 이해가 된다면 상생, 공생이 가능한 최상의 사업모델이다.

"승리감은 넘겨주고 이득은 곱빼기로, 피자를 먹을 때 사람마다 좋아하는 부위는 다르듯 상대방이 추구하는 가치와 공평의 개념도 다르다."

나는 대학생 때 처음으로 닭가슴살을 좋아하는 사람이 있

다는 것을 알았다. 늘 치킨 한 마리를 시키면 다리, 날개, 안심만 먹었다. 나의 기억으로는 가족 중 누구도 닭가슴살은 먹지 않았고, 모두 쓰레기통으로 들어갔다. 퍼스널 코치인 남편은 클래식 피지크 대회 준비로 다이어트 식단을 해야 할 경우에는 닭가슴살만 먹는다. 비시즌에는 어느 부위든 먹는다. 남편에게 닭가슴살의 유용가치는 때때로 변한다. 무조건 채워 넣어야 하는 필수 단백질일 때도 있고, 최애 영화 해리 포터와 함께하는 야식 콤보일 때도 있다.

가치와 공평의 개념은 회사 내에서도 해석하기 나름이다. 헤드헌터의 세계에 아직 발을 들이지 못해서가 이유인지 모르겠지만 나는 근로 계약서보다 신뢰 계약서가 더 중요하다. 내가 살고 있는 호주는 비전문직도 시간 외 근무수당이 꽤 달콤하다.

업계마다 조금 다르지만 보통 토요일은 기본급의 25%, 일요일 50%, 공휴일 225%의 추가 수당이 붙는다. 우리가 아는 주 5일의 범주에서 조금만 벗어나면 화이트칼라, 블루칼라 직종 관계없이 누구나 더 벌 수 있다. 빨간날 쉬어야 하는 사람들에게 공휴일 업무는 불이익이지만, 추가 수당을 벌고 싶은 사람에게는 놓치면 손해다.

나의 사수는 주 업무시간이 최소 100시간은 넘는 워커홀

릭이다. 대부분의 직원에게 그는 굉장히 피곤한 열정적인 상사일 뿐이지만, 나에게는 이런 사수의 루틴이 엄청난 장점이다. 그는 드라마에 나오는 대기업의 임원들처럼 평일에는 오전 8시부터 오후 6시까지 미팅이 꽉 차 있다. 급하게 결제받아야 할 일이 있으면 오전 7시 혹은 주말에 미팅 요청을 해야 한다. 이러한 루틴을 대충 알고 있는 지인과 종종 아래의 대화가 오고 간다.

지인: 왜 이렇게 일찍 출근해요? 일찍 출근하면 추가 수당 받나요?

나: 아니요, 일찍 출근해서 퇴근 시간을 조절합니다.

지인: 회사가 주말 추가 수당을 주지 않으면 불법 아닌가요?

나: 정부가 최저 임금 법률안에서 근로자들의 권리를 지켜주지만, 저와 회사의 가치는 정부가 결정할 일이 아니거든요.

지인: 공평하지 않은 것 같은데요? 연봉과 주말 수당은 별개예요.

나: 모두에게 공평한 건 없어요, 지금, 이 조건이

저에겐 공평합니다.

나의 사수는 시간 관리의 주도권을 나에게 넘겨줬고, 그에게 더 맞는 루틴을 가졌다.

우리는 때로 보이지 않는 것을 믿어야 한다. 작가는 말했다.

"통합적 협상이란 서로의 목적을 확인하고 모두에게 유리한 결과를 도출하는 것을 이야기합니다."

위 지인과의 대화만 봐도 알 수 있다. 사람들은 대부분 자신에게 익숙한 것을 믿고, 눈에 보이는 계약서 중심으로 생각한다. 나는 문서상에 숫자로 보이지 않는 다른 요소들로 나를 채우는 중이다. 그리고 그 그릇 안에는 나의 욕구뿐만 아니라 회사의 미래도 담겨있다.

이제 통합적 협상이 이해될까? 30대 후반인 나에게 주말 근무는 곧 나의 자양분, 주도적인 삶을 사는 수단일 뿐이다. 회사 혹은 고용주와 '어떻게' 보다는 '무엇을' 에 집중하며 찐 협업 컬렉션을 준비 중인 것이다.

나에게 협상은 몇천만 원을 더 받으려고 회사와 내 연봉으로 경쟁하지 않고 같이 성장하는 것, 남편과 집안일을 공평하게 나눌지 말지 얕은 기싸움을 하는 게 아니라 같은 목표를 향해 각자의 자리에 서 있는 것, 부모님께 어떻게 자산 상승을 위한 도움을 더 받을까 고민하지 않고 나에게 투자하게 만드는 것, 그래서 매일 이기는 게임을 할 수 있는 상황을 만드는 것이다.

이렇게 협상은 끝에서 마주 앉아 중간 지점을 보는 게 아니라, 나란히 앉아 나의 욕구와 상대의 욕구가 잘 섞일 수 있게 같은 곳을 보는 것이다. 상대의 드러나지 않는 잠재 욕구를 파악해 우리 다 같이, 매일, 이겨보자.

_이가희

내 '생각'의 스승

《생각의 쓰임》생각노트. 위즈덤하우스. 2021

책 제목이 매우 직설적이라서 참신하다. 꽃이나 주름장식이 없는 흰색 셔츠처럼 너무 깔끔해서 매력적이다. '생각'과 '쓰임'을 각각 한정적으로 쓰지 않았나?

자신의 브랜딩이 너무 다양해진 요즘, 그래서 경쟁이 더 치열해져 내가 유행에 뒤처지고 있다는 생각이 매일 드는 요즘, 모든 것을 멋지게 포장하고 싶은 욕구가 있었다.

그 욕구는 오히려 나를 아무것도 못 하게 만드는 병을 주었다. 천재 일론 머스크처럼 "본질 빼고 모두 빼라!"라고 당당하게 말하는 저자의 메시지가 돋보였다. 그래, 핵심만 담아보자.

IT 회사에서 본업을 두고, 표면적으로는 전혀 상관없어 보이는 작가의 기록 생활은 흥미로웠다. 무슨 일을 하는지보다는 '생각'을 생각하는 행위의 과정이 계속 놀랍고, 그 기록이 너무 간단해 웬만한 시스템으로 보이는 것은 더 놀랍다.

"내 생각을 기록하고 공유하는 '기록 생활'은 포트폴리오가 된다."

작가의 말처럼, 꾸준한 기록은 비트코인보다 무섭다. 나의 하루하루가 역사가 되고, 그 과거는 이력서에 쓰인 서울대 졸업 한 줄보다 영향력이 크다. 기록은 우리를 과거로 돌아가게 한다. 빌보드 차트도, 회사 내의 메뉴얼도, 하버드의 커리큘럼도 결국은 기록이다.

툭 지나가며 동료와 했던 말에 갑자기 머릿속 폭죽이 터지던 날을 우리는 기억해야 한다. 10년 후 이 글을 다시 볼 때쯤이면 나는 어떤 사람이 되어 있을까? 그때 다시 보는 '지금의 글'의 힘은 어디로 가지를 치게 될까?

'그냥' 직장인인 나는 항상 보여줄 수 없는 무언가가 없어 불편했다. '나는 왜 포트폴리오가 없을까?' 내가 생각하던 포트폴리오는 인문, 예술계처럼 화려한 그림과 글들이 가득

한 파일 한 꾸러미 혹은 화려한 학력과 수상 경력들이 장식하고 있는 이력서였다. 그래서 고등학생으로 돌아가도 절대 이길 수 없는 게임을 하는 느낌이었다. 내가 그때로 돌아간들 갑자기 서울대를 갈 리가 없고 대통령상을 받을 리 없다. 나의 포트폴리오는 숫자인 연봉과 자산이 전부였다. 실질적인 기록은 회의록이 전부였고, 1년 내내 진행한 프로젝트는 수치화되어 겨우 한 페이지에 정리가 가능했다. 이 한 페이지의 숫자를 스토리텔링 할 수 있는 무언가가 필요했다.

대부분의 직장인은 공감할 것이다. 하루를 들여다보면 진짜 일을 하는 것 같지만, 중요하지 않은 작은 업무로 하루를 날리는 경우가 허다하다. 감정이 곯아 터진 직원들 사이에서 눈치만 보다 하루를 날린 적도 있고, 예상치 못한 문제로 찜찜하게 하루를 마무리 한 날, 나의 일은 문제없이 처리되었지만, 다른 부서 일이 마무리되지 않아 삐그덕대며 프로젝트가 실패로 끝난 적도 있다.

너무 작고 많은 점의 연속이라 퇴근 시간이 되면 허무함을 느꼈던 경우가 많다. 어떤 날을 나의 시간 값이 크게 느껴졌고, 또 어떤 날은 0으로 느껴졌다.

그렇게 70대까지 꾸준히 일로서 나를 증명하고 싶은 나는 커리어 보험의 필요성을 인지했다. 나를 그릴 수 있어야 한다. 나의 모든 점을 연결할 수 있어야 한다. 단순한 스펙 설명서보다 실패 경험으로 얻은 삶의 지혜로 나의 미래가 열려야 한다. 어릴 때는 시험 점수와 같은 결과에만 목매었다면, 지금은 나를 성장 시켜주는 과정에 집중해야 한다.

> "나는 문제에 어떻게 접근했고, 누구와 함께했고, 그 속의 핵심은 무엇이었고, 어떠한 성과가 나왔고, 어떻게 피드백했다."

이 시스템으로 긍정적인 제안을 줄 수 있는 셀프 스토리를 그려보려고 한다. 사인해야 하는 보험 규정은 아니지만 언젠가 위기가 닥친다면 이 스토리의 기록들이 보험이 되어주길 바라며….

나에게도 '생각'의 스승들이 있다. 매일 학생들보다 먼저 교실 바닥을 쓸던 고3 담임 임용범 선생님을 보며 솔선수범을, 커리어를 콘텐츠로 승격시킨 자스민 코치님을 보며 성숙한 직장인의 마음가짐을, 매일 블로그를 쓰며 나를 가꾸는 블로거 수정님을 보며 진정성과 열정을, 영어 공부법에 대한 새로운 관점을 열어주신 샘별 선생님을 보며 마중물의 힘을, 주말마다 노래로 일본어, 영어를 가르치며, 하루도 빼먹지 않고 신문 사설을 스크랩해 준 아빠를 보며 말로 뱉지 않는 무거운 사랑의 힘을, 체지방률 3%대로 만들며 대회 준비를 하는 남편을 통해 미친 지구력을 보았다. 그들의 포트폴리오가 나의 포트폴리오가 되어 삶의 방향성을 제시해 주었다.

내 스승들의 행동은 말보다 소리가 컸다. 이 부분은 나에게 읽혀 스토리로 기록되며 짧게는 5년, 길게는 30년째 계속 움직이고 있다. 뚝딱 결과물로 나오는 것이 아니라 가장 나답게, 안정감 있게 미래의 선택지를 엿보는 과정이 진행 중이다. 이 모든 힘은 멈추지 않을 것이고, 결국은 더 큰 여정으로 혹은 더 큰 길잡이로 '짠'하고 나타나 또 다른 가치 있는 1,000명을 키울 수도 있다.

"사람이 찾아보는 콘텐츠가 되기 위해서는 반드시 나의 관점이 들어가야 한다."

나의 관점은 역사의 중요한 전환점이 될 수도 있다. 나와 비슷한 나이에 있는 사람들은 패밀리 레스토랑이 성업을 이루던 시절이 기억 날 것이다. 20년이 지난 지금, 아웃백만 홀로 살아 남아있다. 아웃백도 벼랑 끝에 내몰렸던 적이 있었다. 위기를 버틴 아웃백은 최대 실적으로 몸값을 높여 5년

만에 인수한 대금의 4배 금액에 2021년 매각되었다. 성공의
시작은 냉동고기 대신 냉장고기를 사용했다는 것. 외식업계
는 대부분 안정적인 재고관리를 이유로 냉동고기를 사용한
다. 어느 기사의 한 문장이 오래 기억에 남았다. "팔릴지 안
팔릴지 모르지만, 삼성도 갤럭시를 매일 찍어내고 있어요,
우리도 그렇게 팔면 됩니다." 이 관점이 아웃백 프리미엄 시
대를 만들었다.

삼성전자에서 일하던 직원들이 퇴사 후에 모바일 폰을 만
들지 않는다는 기사를 본 적이 있다. 그곳에서 본 대규모, 몇
만 대의 기계가 돌아가는 자동화된 시스템을 다른 곳에 이용
한다. 내가 아는 연 매출 1,200억 프랜차이즈 요식업 창시자
도 그런 말을 했다.

> "새로운 아이디어는 다른 레스토랑 가서 얻지 않
> 는다, 항공사 비즈니스 클래스 혹은 라운지 탐방
> 에서 얻는다."

맞다. 우리는 비슷한 사람에게 조언을 구할 필요가 없다.
내가 생각하는 답이 나올 것이기 때문이다. 아이디어를 짜내
기보다 나의 경험을 아이디어로 만드는 게 더 창의적이지 않

을까? "내 주변에 놓인 모든 소재를 나의 '관심사'라는 안경으로 바라보는 '기획' 연습을 해보자." 나의 때는 나만 알고, 내가 어떻게 꽃을 피울지는 나의 기획력에 달려있다.

　오랫동안 커리어와 학문 모두에 능통한 '겸지우겸'을 꿈꿨다. 그렇게 나는 서른다섯에 다시 대학 캠퍼스를 밟았다. 등용문에 오른 것과 같다고 여기던 입학은 생각보다 쉬웠지만, 나를 다재다능함으로 키우는 건 쉽지 않았다. 열아홉 패배자의 목표였던 약대 입학은 30대 후반인 지금은 데이터의 다양성으로 다가왔다.

　다시 밟은 캠퍼스에서 스무 살 때는 보이지 않던 것들이 보이기 시작했다. 이십 대 입시 실패로 도망치던 나의 인생이 보였고, 뒤늦게 깨달았다. 원하는 대학 진학의 실패, 이민과 같이 내가 나를 버리고 싶었던 시간은 해 볼 만한 도전들이었고, 꼭 세계 최고 엘리트만 모인 신의 직장이 아니어도 배울 곳은 많았다. 실패의 우울한 감정도 하나의 데이터가 되었고, 학문적 지식을 얻기 위해 입학한 학교는 '관찰'을 위한 나만의 시크릿 장소가 되었다.

　작가의 말처럼 관심사라는 안경을 씌우면 이 모든 일들은 그냥 데이터가 될 뿐이다. 감정을 빼도 된다는 뜻. 나의 10

대, 20대, 30대 그리고 곧 다가올 40대. 이 데이터의 경험은 예측할 수 있는 상황의 숫자가 많아져 덜 피곤하게 하루를 보낼 수 있게 해준다. 무수한 변화에 좌절하지 않도록, 미래 관점으로 스토리 설계가 가능하다. 매일 일어나고 있는 크고 작은 일들과 관계들이 너무 어색하고 감내하기 힘들지만, 모든 데이터를 계속 기록하며 새로운 길을 찾는 힌트로 생각해 보자. 앞으로도 갈 길이 멀다.

_이가희

나는 특별해지지 않기로 했다

《컨티뉴어스》 윤소정. 다산북스. 2023

외모가 뛰어난 것도 아니고, 독창성도 없고, 뭐 하나 특출난 부분이 없었던 나. 증명할 길이 숫자밖에 없겠구나. 현실 감각이 꽤 뛰어났던 나는 그 부분을 미취학 아동 시기부터 성적으로 증명하고 싶어 했다. 월반을 목표로 공부했고, 고등학교 시절 전교 1등이 가득한 소규모 그룹과외 구성원이 되었을 땐 조용히 어깨에 힘주고 다녔다. 그때는 그게 훈장인 줄 알고…. 지금은 성적이 다가 아니라는 것도, 특별할 필요가 없다는 것도 너무 잘 안다. 앞으로 조금씩 나아갈 힘, 뭐든 안 되었을 때 다시 일어날 힘, 변화하되 쉽게 흔들리지 않는 힘만 있으면 충분하다.

작가는 어릴 적 집에서 배운 밥상머리 교육처럼 꾸준한 삶의 태도를 통해 '강해지자'라고 말한다. 그리고 다 같이 성장하자고 미사여구 없이, 스스럼없이 현장에서 일어나는 안타까운 일들, 놀라운 일들을 혼자 소유하지 않고 다 공유했다. 중간에 새로운 변곡점을 맞이할 준비를 해야 할 때는 정신 차리라고 글로 뒤통수를 치기도 한다. 이 글들을 찰떡같이 써먹을 방법은? 작가처럼 끊임없이 회고하고 나아가기.

> "너의 그 승인 욕구 때문에, 상대에게 좋은 사람이고 싶은 마음에, 욕먹지 않고 멋진 사람 되고 싶은 마음에 원칙을 무너뜨린 것. 내 인생에 존재하는 30퍼센트의 적을 인정하는 순간, 거기가 전환점이야."

이 부분을 보고 창피당할 용기가 생겼다. 인스타, 블로그 시작을 새해 목표에 4년째 쓰고 있다. 단 한 번도 성공한 적이 없다. 글쓰기 능력 혹은 영어 스펠링이 틀리거나 멋져 보이지 않는 사진을 올리게 되었을 때 받는 평가는 나에게 공포다. 가만히 있으면 본전은 찾는 것 아닐까? 작가의 말처럼 30퍼센트의 적을 인정하고 시작한다면? 욕은 먹되 기록과 공유를 통해 놓치면 안 되는 사람을 만날 수도, 40대에 내가 진짜 하고 싶은 일을 찾을지도, 이재용 회장이 하이 파이브를 해 줄 수도 있지 않을까?

운영자 1명보다 300명의 개인이 더 중요하다.

> "1000년 된 가게 종업원들은 각자 자신이 있어야 할 자리에 있지? 그런데 300년 된 가게 종업원들은 모여서 떠들고 있어. 어디든 잘되는 집은 각자의 역할과 위치가 명확해. 그러나 안되는 집은 꼭 모여있어. 역할과 위치가 명확하지 않으니까"

연 매출 60억 카페 레스토랑을 관리했던 때가 생각난다. 직원은 62명, 1년 인건비만 27억이었다. 매출 최고점 찍고 난 이후 다음 해의 연 매출은 36억으로 떨어졌고, 매주 적자를 피할 수 없었다. 그때는 이유를 내부가 아닌 외부에서 찾았다. 저기 앞에 메인 도로가 공사해서 손님이 줄었나? 직원들이 문제인가? 메뉴가 문제인가? 이유는 간단했다. 섹션이 명확하지 않았다. 두 명의 직원은 커피 머신 뒤에 숨어서 떠들고, 한 명만 있어야 할 100테이블 섹션에는 두 명이 서서

떠들고 있었다. 바쁠 때는 서로의 섹션을 왔다 갔다 하니 손님들이 메뉴얼상 받아야 할 서비스가 고루 분배되지 않았다. 어떤 손님은 1분 안에 커피를 받았고, 어떤 손님은 10분을 기다렸다. 그렇게 서서히 망해갔다. 이 책을 10년 전에 읽었다면 이 같은 실수는 하지 않았을까?

각자의 역할과 위치, 가족 구성원으로서도 중요하다. 남편은 주 7일 밤낮없이 일한다. 그의 삶의 우선순위는 우리가 미래에 진짜 꿈을 좇을 수 있게 자본을 쌓는 것이다. 나의 역할은 집안일, 그리고 지금처럼 생활비 반을 책임지는 것. 가끔 주변에서 묻는다. "일도 하면서 집안일을 혼자 다 한다고요? 남편이 안 도와줘요?", "네, 도움이라는 건 없고, 각자의 역할만 있습니다. 시간 값이 더 높은 사람이 돈을 벌고 다른 한 사람은 서포트를 해주는 게 룰이에요." 작년 투자 부동산 구매를 하면서 남편과 나, 각 구성원의 역할은 확실했다.

1. 더 버는 쪽이 부동산 구매 예산 결정
2. 의식주 포함 생활비는 무조건 반반씩
3. 남편은 집값의 30% 계약금 준비
4. 나는 집값의 5% 인지세 준비
5. 1년 후 부동산 계약 완료

어떻게 그 돈을 마련하는지는? 서로 알 바가 아니다. 주식, 비트코인으로 모았는지, 꾸준한 저축을 했는지, 돈 되는 물건을 팔았는지 묻지 않는다. 내 역할만 확실히 하면 그걸로 끝이다. 우리는 그렇게 모였다가 계약서 사인 후 흩어졌다. 그리고 내년을 준비하며 다시 모였다.

> "열심히 일한 것을 자랑하는 건 리더의 일이 아니
> 다. 좋은 선택을 했는가? 그 선택이 자랑이 되어
> 야 한다."

'좋은 게 좋은 거지' 하며 넘어가던 날들이 있었다. 팀의 리더에게 이러한 우유부단함은 무례함에 가깝다는 걸 뒤늦게 알았다. 직원들 간의 내부 갈등이 일어나면 흔히 사랑과 전쟁에 나오는 고부갈등에 낀 남편처럼 A 앞에서 A 편을 B 앞에서는 B 편을 들어주며 겨우 피했다. 감정은 빼고, 근본 원인을 파악하고, 원칙을 기준으로 상호 존중과 소통을 교육해야 했다. 좋게 좋게 열심히 일하면 좋은 리더인 줄 알았는데, 그때의 나는 결정장애에 빠진 무능력한 리더였다.

모든 결정이 분석으로 답이 나오는 것이 아니고, 리더에게 아무도 답을 주지 않는다. 그때 나는 나머지 팀들이 헷갈

리지 않게 명료한 답을 내려야 했다. 그렇다. 의식적 선택은 돈으로 연결된다. 당장 통장에서 나가는 돈만을 이야기하는 것이 아니다. 기회비용, 생각보다 크다. 쓰지 말아야 할 에너지를 쓰는 것도 엄청난 기회비용이다. 그렇게, 오랜 고민 끝에 서서히 망해가던 매장을 닫기로 결정했다. 그 과정은 힘들었지만, 지금껏 내가 잘한 선택 5위 안에 든다.

> "브랜드를 어떻게 키울지 양육 계획은 전혀 없어 보여, 양육에 대한 전략적 관점 없이 새로운 아이들을 주야장천 낳기만 하는 거지."

아직 아기가 없는 나에게도 너무 와닿는 얘기다. 양육 계획은 아이에게만 필요한 게 아니다. 나도 브랜드도 외면당하지 않으려면 끊임없는 양육 계획으로 성장해야 한다.

요새 흑백요리사가 이슈다. 여기저기 터져 나오는 기사에 호기심으로 보기 시작했다. 넷플릭스가 넷플릭스 했네. 웬만한 자기 계발 책보다 백배 천배 더 큰 울림이 있었다. 흑백할 것 없이 100명의 요리사의 요리는 청결, 협동, 집중, 리더십, 개성, 기획력이 합쳐진 하나의 브랜드였다. 각각의 요리사(브랜드)의 서사가 조금씩 읽혔고, 철학을 이해하고 싶어졌다.

50년 된 명장도 본인의 브랜드를 키우기 위해 서바이벌에 뛰어들었다. 나는 그 요리사들의 양육자도 점점 궁금해졌다. 50년 경력의 지구력은 어디서 오는 것일까? 요새 창업을 하는 사람들은 일주일 안에 손님이 줄서기를 바라고 나만의 브랜드를 키우기 전에 지쳐버린다. 부모의 마음으로 브랜드도, 사업도 인격체로 접근했으면 좋겠다. 우리 부모님은 38년째 나를 키우고 있다.

> "편집숍을 만들기 전 1,000장의 사진을 찍어
> 오세요!라는 미션을 줬다. 여기서 핵심은 진짜
> 1,000장을 찍어보라는 것이다. 이는 많은 브랜드
> 에서 신입을 훈련시키는 효과적인 방법이다. 이
> 과정에서 감각이 꽤 열린다."

무슨 일이든 감각이 생기기 위해서는 '그냥' 하는 시간이 필요하다. 생각은 무식한 경험으로 축적된다. '왜'라는 질문은 노동 후에 해도 된다.

나의 사회생활은 한국, 싱가포르, 호주의 경험이 전부다. 이방인으로 봐도, 같은 나라 사람으로 봐도 한국인들은 보면

볼수록 최고다. 우리는 고등학교 때 야자를 했고, 학교 혹은 독서실에 못 해도 하루 15시간은 앉아 있었다. 그러한 시간이 못해도 꼬박 3년은 계속되었다. 비록 엎드려 자거나 MP3로 음악만 들었던 날도 있지만, 우리가 앉아 있던 그 시간은 직장인이 된 지금도 몸이 기억한다. 그리고 그 몸으로 겪었던 날들은 '나의 최선'이라는 과거로 지금도 나에게 영향을 주고 있다. 그때의 '나의 최선'은 능동적이고 적극적으로 시간을 활용할 수 있는 지금의 단계로 나를 이끌었으니까….

책의 제목처럼, 우리는 계속 연결되며 오래가는 선택을 해야 한다. 18년 전, 고등학생 시절 도망치고 싶던 야자의 경험도 결국은 마흔을 바라보는 나에게 바이블이 되었다. 이제 어떤 삶을 살고 싶은지, 어떻게 살아야 하는지 점점 더 명확해지고 있다. 이기고 지는 것이 필요 없는 그럼에도 지속되어야 하는 '우리'의 삶. 처음엔 전략의 길잡이처럼 보였던 작가의 글은 이제 룩말의 간호사, 시스템 전문가를 거치며 얻은 노하우로 출시한 시간 관리 플래너 《블럭식스》와 같은 삶의 실천 가이드처럼 보인다.

얼마 전 법인을 설립했고, 곧 사업을 시작한다. 당장의 삶의 질은 하락하겠지만, 급한 승인 욕구만 버리면 버틸 수 있을 것 같다. 비슷한 사람들이 모인 '나의 팀'과 같이 끌어주고 나눠주며 성장하고 싶다. 빨리 지치지 않고, 10,000시간을 투자할 수 있게 단단한 시스템을 만들어보려고 한다. 그리고 그 10,000시간의 과정, 결과를 희망의 메시지와 함께 공유하는 다음 에세이를 꿈꿔본다.

_이가희

아빠의 죽음이
내 삶에 남긴 것들

《천 번의 죽음이 내게 알려준 것들》 김여환. 포레스트북스. 2021

4년 전, 죽음이 저에게 다가왔어요. 제 죽음이 아닌, 아빠의 죽음이요. 가까운 이의 죽음은 처음으로 경험했어요. 아빠에게 죽음은 천천히 다가왔어요. 40여 년 동안 담배를 피우셨던 아빠는 만성 폐쇄성 폐 질환을 진단받고 8년을 앓으셨어요. 산소호흡기를 착용하지 않으면 숨쉬기조차 힘들어하셨지요.

돌아가시기 전 해에는 폐 기능이 10%도 채 남지 않았는데, 그곳에 암이 생겼어요. 거의 다 망가진 폐에 암 덩어리가 붙다니. 지독하고 잔인했어요. 아파서 대사 활동이 느려졌다고 생각했는데, 어떻게 몇 달 사이에 암 덩어리가 자랐는지요. 폐에 생긴 암은 뼈로 전이되었고, 수술이나 항암 치료조차 불가능했어요. 저와 가족들은 8년 동안 아빠의 생명이 서서히 꺼져가는 과정을 지켜보았고, 마지막에는 죽음을 지켜보았어요.

《천 번의 죽음이 내게 알려준 것들》은 극심한 암성 통증(암으로 인한 모든 통증)으로 고통받던 1,000명이 넘는 환자들에게 임종을 선언했던 호스피스 의사가 쓴 책이에요. 작가는 호스피스 병동에서의 '죽어감과 죽음'에 대해 이야기하며, 그곳에도 여전히 삶이 있음을 강조합니다. 가족이나 지인의 죽어감과 죽음을 한 번이라도 경험한 적이 있다면 이 책의 많은 부분에 깊이 공감할 수 있을 거예요.

사람들은 주로 누군가가 '죽었다'는 사실만을 크게 생각하지만, 그 전에 '죽어가는 과정'이 있어요. "'통증에 몸부림치던 암 환자가 호스피스에 와서 통증을 조절하고 삶을 잘 정리한 뒤 편안하게 죽었다'라는 이야기에서 사람들은 '죽었다'는 말만 기억한다. 하지만 우리가 진정 기억해야 하는 것은 죽기 직전까지 그가 어떻게 살았고 얼마나 행복했는지가 아닐까." 장례식장에 추모하러 왔던 대부분의 사람은 아빠의 '죽어감'보다는 '죽음' 자체를 더 크게 받아들였어요. 하지만 가족들은 죽어가는 과정을 지켜보며 아빠의 곁을 지켰어요. 그 과정을 어떻게 보내느냐에 따라 삶을 어떻게 마무리하는지와 남은 가족들이 앞으로 어떻게 살 수 있을지 알수 있어요.

저는 지방에 살고 있었지만, 시간이 날 때마다 아빠를 찾아갔어요. 조금이라도 덜 아프게 하는 의료기기를 구매하고, 좋아하시고 드시고 싶어 하는 음식을 주문하거나 사다 드렸어요. 젖은 수건으로 아빠의 얼굴과 손가락 하나하나를 닦아드렸고, 세숫대야에 뜨거운 물을 받아 발가락, 발바닥, 발꿈치에 박힌 굳은살을 불려 제거해 드렸어요. 오랜 세월 동안 두꺼워진 발톱은 일반 손톱깎이로는 자를 수 없어서, 무시무시하게 큰 손톱깎이로 뚝뚝 잘라드렸어요. 평생 높은 베개를 베고 옆으로 누워 주무셨던 탓에 굽은 등은 통증이 잦아서 시간 날 때마다 안마를 해드렸어요. 돌아가신 후 후회하고 싶지 않아서 최선을 다했어요.

아빠의 죽어가는 과정을 함께 겪는 일은 쉽지 않았어요. 특히 엄마는 더욱 힘드셨지요. 예민했던 아빠는 자신의 고통에만 집중했고, 아주 작은 변화에도 신경이 날카로워졌어요. 아빠의 예민함은 대부분 엄마가 감당해야 했어요. 하지만 8년을 견뎌온 엄마도 나중에는 아빠의 아픔에 무뎌진 것 같았어요. 엄마의 하소연은 저에게 흘러왔습니다. 제가 차로 네 시간 걸리는 먼 곳에 살고 있었기에, 가까이에서 엄마의 짐을 덜어드릴 수 없었어요. 가만히 엄마의 하소연을 들어드렸어요. 그렇게라도 마음의 짐을 해소해야 엄마가 아빠를 간호하실 수 있으니까요.

아빠는 살고 싶어 하셨어요. 이십여 년 전, 대장암 수술을 한 후에도 의사 몰래 담배를 피우셨어요. 울면서 뜯어말리는 엄마와 저에게 아빠는 '내가 좋아하는 담배 실컷 피우다 죽을 거야.'라고 모질게 말씀하셨었어요. 그러시던 아빠가 살고 싶어 하시는 모습은 아이러니했어요. 감기에 걸릴까 봐, 감기가 폐렴으로 넘어갈까 봐 몸의 상태를 수시로 체크하고, 몸의 작은 변화라도 감지하면 바로 약을 드시거나 병원에 데려가 달라고 하셨어요. 약 먹는 시간, 화장실 다녀오는 시간, 대변의 상태까지도 꼼꼼히 기록하셨죠. 그만큼 철저하게 자기 관리를 하셨기에 생각보다 더 오래 사실 수 있었다고 생각해요.

아빠가 죽어가는 과정을 함께 하는 것은 우리 가족의 소중한 삶의 일부였어요. 아빠가 살아계실 때 가족들에게 잘해주셔서 그랬던 것은 아니었어요. 사실 엄마와 동생, 그리고 저는 아빠의 성격을 견디기 힘들었어요. 전형적인 옛날 아빠들의 성격을 모두 갖추고 계셨거든요. 생활비는 벌어다 주지 않으셨고, 집안일에는 손 하나 까딱하지 않으셨으며, 주변 사람들에게 할 말은 좋게 말하면 직설적으로, 나쁘게 말하면 거칠게 말하는 분이셨어요. 서운함은 마음속에 꽁 감춰두다가도 행동으로 표현했고, 아빠를 힘들게 했던 사람들의 단점을 계속 얘기하는 부정적 성격이었어요. 가끔 만나는 저와 동생도 힘들었고, 매일 옆에서 같이 지낸 엄마는 더 고달파하셨어요. 돌아가신 후에도 좋은 추억보다는 안 좋은 추억을 이야기하며, 마지막에는 "아빠, 하늘에서 다 듣고 있지?"라며 웃는 우리 가족. 마지막까지 모두 최선을 다했으므로 지금은 웃으며 얘기합니다.

그래도 아빠가 살아계실 때가 좋았어요. 눈을 보며 이야기 나눌 수 있고, 함께 밥 먹을 수 있고, 손잡을 수 있었으니까요. 아빠의 죽음을 경험하고 나니, 주변 사람들에게 더 잘해야겠다는 생각이 들었어요. '지금' 연락해서 목소리를 한 번이라도 더 듣고, '지금' 따뜻한 말 한마디를 더 건네고, '지금' 한 번 더 만나려고 노력해요. 죽음을 경험한 후에 배운 것입니다. 전보다 더 신경 쓰고, 더 움직여야 해서 때로는 피곤하지만, 그렇게 해야 나중에 후회하지 않을 것 같아요. 이 책에서 작가도 우리가 죽음을 배우고 생각해야 하는 이유는 삶이 달라지기 때문이라고 말합니다.

> "자신의 마지막을 정면으로 응시하면 들쭉날쭉하
> 던 삶에 일관성이 생기고 시련을 극복할 수 있는
> 용기가 생긴다."

아빠의 장례식을 치르면서, 처음 경험하는 죽음에 큰 충격과 상처를 받았어요. 오랫동안 병을 앓다가 돌아가셨는데도 이렇게 아픈데, 만약 갑작스러운 사고로 돌아가셨다면 어땠을까요.

사고는 예고 없이 닥쳐와서 마지막 인사를 할 시간조차 주지 않고 갑작스럽게 이별을 강요당하니까요. 그 마음은 어떨까요. 감히 상상조차 할 수 없습니다.

다른 사람의 부고 소식을 들으면, 특히 갑자기 돌아가셨다는 소식을 들으면 가슴이 철렁 내려앉아요. 저의 경험이 떠올라, 남겨진 가족들을 마음 깊이 위로하게 됩니다. 생애 처음으로 겪을 고통이 안쓰러워서요.

많은 말이 필요하지 않더라고요. 그저 찾아가서 손을 꼭 잡아주고, 꽉 안아주고, 함께 눈물 흘려준다면 그것만으로도 큰 위로가 되더라고요. 아빠의 죽음을 통해, 다른 사람을 진심으로 위로하는 방법을 깨닫게 되었어요.

> "사랑하는 이에게 죽음을 배웠거나 삶의 과정에
> 서 죽음과 가까이 맞닿아 있었던 사람들은 죽음
> 을 잘 수용한다."

좋은 죽음이란 무엇일까요. "나이는 적어도 80세 전후인
게 좋을 듯하고, 자식들을 잘 키워 놓았어야 하고, 병마의 고
통에 시달리지 않고, 고통 없이 잠들 듯 죽는 것. 흔히 우리
는 이것을 '좋은 죽음'이라고 한다." 작가는 좋은 죽음을 누
군가의 죽음을 통해 마음으로 배우라고 말합니다. 좋은 죽음
은 결국 좋은 삶에서 비롯되므로, 좋은 삶을 살기 위해 자신
의 마지막을 상상해 보라고 조언합니다.

저의 죽음을 상상해 봐요. 과연 몇 살까지 살게 될까요.
짐작도 할 수 없어요. 주어진 수명대로 살다가 죽을 수도 있
고, 갑작스러운 사고로 생을 마감할 수도 있어요. 하지만 아
무런 병에 걸리지 않고, 사고도 나지 않으면 좋겠어요. 예전
에는 잠을 자다 조용히 심장이 멈추면 좋겠다고 생각했었는
데, 지금은 아니에요. 사랑하는 사람들과 마지막 인사를 나
눌 시간이 있으면 좋겠어요.

좋은 죽음을 위해 좋은 삶을 살아야겠어요. 작가는 좋은 삶이란 바로 지금, 이 순간 행복하고 감사함을 느끼는 삶이라고 말해요. 오늘을, 지금을 즐길 수 있어야 마지막 순간이 다가왔을 때도 그 순간을 즐길 수 있다고요. 이것이 호스피스 병동에서 천 번의 죽음을 지켜보며 깨달은 것이라고 합니다. 저도 언젠가 눈을 감는 순간, '아, 내가 잘 살았구나.'라고 생각할 수 있도록 현재에 충실한 삶을 살아야겠어요. 저의 소중한 시간을 기꺼이 함께 나눌 수 있는 사람들을 만나고, 다른 사람에게 도움이 되는 의미 있는 일을 해야겠어요.

"도저히 이겨낼 수 없을 것 같은 절망에 맞닥뜨렸을 때, 아무리 애를 써도 누군가를 용서할 수 없을 때, 그래서 오늘이 마지막이었으면 하는 극단적인 바람이 들 때, 그럴 때 나는 당신이 호스피스 병동을 찾았으면 한다."

주변에 아픈 사람이 있다면, 그 사람이 통증으로 고통스러운 시간을 보내고 있다면 이 책을 읽어보세요. 말기 암 환자와 그 가족들에게도 추천해요. 아직 삶이 남아있을 때, 호스피스 병동을 찾으시길 바라요. 통증은 신이 내린 선물인 모르핀으로 조절할 수 있다고 합니다. 통증을 줄이고 남은 생을 의미 있게 마무리하시길 바라요. 작가는 의료의 도움을 받으면 죽기 직전까지도 고통스럽지 않게 살 수 있다는 의학 상식을 전하고 싶어 해요. 혹시 호스피스에 대해 부정적으로 생각하거나, 모르핀은 중독되므로 마지막 순간에만 사용한다는 잘못된 상식을 가지고 계신다면 이 책을 꼭 읽어보세요.

삶을 스스로 포기하려는 사람들과 삶이 무료한 사람들에게도 이 책을 추천합니다. 마지막까지 어떻게든 살고 싶어 했던 사람들의 이야기를 들어보세요. 소중한 가족이 세상을 떠난 후 남겨진 사람들이 얼마나 슬퍼하고 애통해하는지, 이 책을 읽고 생각해 보시길 바라요. 모두에게 삶은 소중하니까요.

_이선미

존엄을 지키며
사는 방법

《존엄하게 산다는 것》게랄트 휘터. 인플루엔셜. 2019

존엄의 사전적 정의는 '인물이나 지위 따위가 감히 범할 수 없을 정도로 높고 엄숙함'이에요(네이버 국어사전). 이러한 정의 때문에 일상생활에서는 잘 쓰이지 않는 단어가 되었나 봅니다. 우리는 보통 스스로를, 그리고 타인을 '감히 범할 수 없을 정도'라고까지는 생각하지 않으니까요.

《존엄하게 산다는 것》에서는 개인의 존엄을 이야기해요. "당신의 죽음이 존엄하길 원한다면 먼저 삶이 존엄해야 하지 않겠는가"라는 작가의 질문에 이끌려 이 책을 읽게 되었어요. 프롤로그에서 "이 책은 우리를 인간답게 하는 가치, 존엄을 어떻게 우리 삶에 되살릴 것."인가에 대해 이야기한다고 합니다. 처음 이 문장을 읽던 날, 이 책에서 말하는 '존엄'하지 않은 경험을 했기 때문에 책 속에 더욱 깊이 빠져들어 읽었나 봅니다.

우리는 수시로 '감히 범할 수 없는' 존엄이 자주 침해당하는 세상에 살고 있어요. 존엄을 침해하는 것은 물건일 수도 있고, 사람일 수도 있어요. 친한 사람일 수도 있고, 그렇지 않은 사람일 수도 있어요. 존엄을 침해당하면 거칠게 항의하는 사람도 있고, 속으로 쓰게 삼키는 사람도 있어요. 어떤 경우든 침해한 사람의 진정한 사과가 없다면, 그 경험은 평생 트라우마나 상처로 남을 수 있어요.

모든 인간은 존엄하다고 말합니다. 하지만 가끔 존엄은 돈이 많은 사람에게만 있거나, 지위가 높은 사람에게만 있거나, 나이가 더 많은 사람에게만 있거나, 백인에게만 있습니다. 그런 경험을 하거나 보거나 들을 때, 마음이 불편해요.

존엄은 분명 사전적 정의로 '인물이나 지위 따위가 감히 범할 수 없는' 것인데 말이죠. 그럼에도 불구하고 인물이나 지위 따위로 다른 사람의 존엄성을 짓밟는 사례는 하루에도 여러 번 직접 또는 간접적으로 경험하는데요. 이 책에서는 "모든 사람은 인종, 피부색, 성, 언어, 종교, 정치적 또는 기타의 견해, 민족적 또는 사회적 출신, 재산, 출생 또는 기타의 신분과 같은 어떠한 종류의 차별"도 없어야 한다고 말합니다.

작가는 프롤로그에서 우리가 살아가면서 계속 던져야 할 질문들을 얘기합니다.

"인간을 인간답게 하는 것은 무엇인가. 우리는 어떤 방향을 향해 나아갈 것인가. 어떤 생각을 하고, 말하고, 행동할 것인가. 지금까지 이렇게 살아왔으니까 앞으로도 이렇게 살 것인가. 아니면 우리를 인간답게 해줄, 우리를 성장하게 해줄 다른 삶의 방향을 선택할 것인가."

그리고 독자와 함께 "외부로부터 주어지고, 밀려드는 여러 요구로부터 자신을 잃지 않도록 도와줄 내면의 나침반."을 찾고 싶다고 얘기합니다.

어렸을 때는 그런 질문들에 대해 깊이 생각하지 않았어요. 하지만 결혼한 후 아이를 낳아 키우고, 사회생활을 20년 정도 하면서 온갖 경험을 하니, 이제는 그런 질문들이 묵직하게 다가옵니다. 그중에서도 스스로 가장 많이 하는 질문은 '지금까지 이렇게 살아왔으니까 앞으로도 이렇게 살 것인가'입니다. 지금까지의 내 삶은 원래 정해진 것이었을까, 아니면 내가 노력한 결과로 정해진 길에서 조금 벗어나 지금에 이르게 된 것일까. 치열하게 노력하며 살았던 시간이 과연 의미가 있었을까. 지금까지의 삶이 어떠했을까를 돌아보아야 앞으로도 이렇게 살 것인지에 대한 답을 찾을 수 있을 것 같아요.

이번에는 제가 스스로 저의 존엄성을 지켜주고 있는지 질문해 봅니다. 작가는 "한 사람의 존엄은 그 사람을 함부로 대하는 타인에 의해서만 다치는 것이 아니다. 우리가 스스로를 함부로 대할 때에도 존엄성은 상처를 입는다."고 말합니다.

내가 스스로를 존엄하게 대했는지, 함부로 대했는지 생각해 봤어요. 지금까지 살아온 것처럼 그냥 그렇게 살아가는 것은 스스로를 존엄하게 대하는 것일까.

하고 싶은 일은 따로 있지만, 돈 때문에 하고 싶지 않은 일을 괴로운 마음으로 하고 있다면 그것은 스스로를 존엄하게 대하는 것일까. 스스로를 함부로 대하지 않는다는 것은 무슨 뜻일까. 나만 존엄하고 다른 사람은 존엄하지 않다는 태도는 아닐 거예요. 스스로를 존중해주는 것 아닐까. 마음의 소리에 귀 기울이고, 삶의 방향을 내가 하고 싶은 것으로 전환하는 것. 그래서 고통보다 행복이 더 많은 삶을 사는 것. 그것이야말로 스스로를 존엄하게 대하는 것이 아닐까 생각합니다.

앞서 소개한 책인 《천 번의 죽음이 내게 알려준 것들》에서 작가는 "고통받는 암 환자들에게 인간의 존엄성을 찾아주는 일이 무엇보다 가치 있게 느껴졌다."고 얘기했는데요. 이는 죽어가는 사람에게도 존엄성이 필요하다는 뜻이지요. 《존엄하게 산다는 것》에서도 죽어가는 사람의 존엄성에 대해 말합니다.

> "병들어 죽음을 앞둔 이들은 자신의 생명을 연장하기 위해 기꺼이 익숙한 환경을 버리고, 삭막하기 짝이 없는 고성능의 센터로 들어간다. 생명 연장을 위해 더 시도해 볼 수 있는 방법들이 그곳에 존재하기 때문이다. 하지만 이 모든 것이 과연 인간의 행복에 기여하는지 의문이다."

현실에서 죽음을 앞둔 많은 사람들이 생명을 연장하기 위해 병원으로 갑니다.

중환자실이나 요양원에서, 의식이 희미해진 환자의 팔에

주삿바늘을 꽂고, 약품이나 영양제를 넣어 생명을 연장시킵니다. 이런 생명의 연장은 환자의 존엄성을 지켜주는 것일까요. 환자가 무의식적으로 주삿바늘을 빼려 하므로, 양쪽 팔목과 발목을 침대에 묶어놓는 것이 과연 환자의 존엄성을 지키는 것일까요. 돌아가신 친정 아빠의 마지막 존엄성을 지켜드리기 위해 사전 연명 동의서를 작성할 때 연명치료를 선택하지 않았었는데요. 가족들은 지금도 그 선택을 잘한 결정이었다고 생각합니다. 물론 아빠가 조금 더 오래 우리 곁에 계시기를 바랐습니다. 하지만 우리의 바람보다도 아빠의 존엄성을 우선으로 생각하고 싶었어요.

이 책을 읽고 난 후, 존엄이란 자기 자신을 존중하고, 다른 사람을 존중함으로써 서로의 가치를 높이는 것이라고 생각했어요. 무엇보다 나의 존엄성을 스스로 지킬 수 있는 사람이 되고 싶어요. 지나간 삶을 되돌아봤을 때, 존엄성을 지키지 못하고 침해받았던 사건들을 떠올려봅니다.

그때마다 기운이 빠지고, 내가 이상한 건 아닌지 자기 검열을 했지만, 마음은 계속 불편하고 온갖 부정적 생각들이 머릿속을 가득 채웠어요. 나중에 제 의견을 표현함으로써 존엄성을 일부 지킬 수 있었지만, 말하지 못한 것들은 작은 상처로 남았어요. 그 상처들이 마음속에서 독버섯처럼 피어나기 전에 글로 풀어냈어요. 글쓰기는 상처받은 존엄성을 지키기 위한 저만의 방법이었어요.

반대로 나의 말과 행동이 누군가의 존엄을 침해하지 않았는지 되돌아봅니다. 존엄성을 침해받은 나의 마음을 매끄럽게 표현하지 못해 상대방이 상처받았을 수도 있겠습니다. 모든 순간에 최선을 다하기는 어렵기에, 하필 그런 순간의 말과 행동이 누군가에게 상처를 주었을 수도 있겠어요. 제가 미처 생각하지 못한 부분에서 상처받았을 누군가에게 진심으로 미안한 마음입니다. 나의 존엄성을 지키는 만큼, 다른 사람의 존엄성을 침해하지 않도록 더 깊이 생각하고 행동해야겠어요.

유대인 수용소인 아우슈비츠에서 극적으로 살아남은 빅터 프랭클은 그의 책 《죽음의 수용소에서》에서 이렇게 말했습니다.

"다 알고 있었다. 저들이 나를 잿더미로 만들 수 있다는 것을. 하지만 나는 알고 있었다. 내 안에는, 저들이 결코 죽일 수 없는 무언가가 있다는 것을."

이 책에서 작가는 "자신의 존엄성을 인식하게 된 인간은 결코 현혹되지 않는다."라고 했는데요. 빅터 프랭클이 바로 자신의 존엄성을 인식한 인간이었기 때문에 죽음의 수용소에서 살아남을 수 있었나 봅니다.

《존엄하게 산다는 것》의 7장에서 작가는 모든 인간이 자신을 존엄하게 만드는 것이 무엇인지 어릴 때부터 알고 있다고 말해요. 존엄에 대한 의식은 살면서 맺는 좋은 인간관계를 통해 다시 일깨울 수 있다고도 합니다. 여러분의 존엄성을 되살려 줄 수 있는 좋은 사람들을 많이 만나기를 바랍니다. 그리고 스스로 다른 사람의 존엄성을 되살릴 수 있는 좋은 사람이 되기를 바랍니다. 이는 죽을 때까지 노력해야 하는 삶의 중요한 가치라고 생각합니다.

"당신의 죽음이 존엄하길 원한다면 먼저 삶이 존엄해야 하지 않겠는가"라고 묻는 작가의 질문을 다시 떠올려봅니다. 저도 저의 죽음이 존엄하길 원해요. 그 전에 삶이 존엄했으면 좋겠습니다. 그러기 위해서는 먼저 저의 존엄성을 확고히 해야 한다는 것을 깨달았어요.

내면의 나침반을 발견하는 것이지요. 그렇게 된다면 세상의 어떤 흔들림에도 현혹되지 않고, 묵묵히 제가 설정한 방향과 목표를 바라보며 나아갈 수 있을 테니까요. 저처럼 삶이 존엄하길 바라는 분들이 이 책을 읽고, 자신의 존엄성을 인식하여 삶을 유혹하는 모든 것들에 현혹되지 않는 자신만의 삶을 살길 바랍니다.

_이선미

잡초에게 배우는
삶의 전략

《전략가 잡초》 이나가키 히데히로. 더숲 출판. 2021

　우리가 흔히 보는 대부분의 식물은 이름이 있어요. 그런데 사람들은 왜 '잡초'라고 부를까요? 검색 사이트에 '잡초'라고 입력해 보세요. 검색 결과나 연관 검색어를 보면, 잡초는 우리 주변에 자라면서 함께 살아가는 식물이 아니라 대부분 제거하거나 자라는 것을 방지해야 하는 식물로 나옵니다.

　사전적 정의는 '가꾸지 않아도 저절로 나서 자라는 여러 가지 풀'이에요(네이버 국어사전). 바로 이어서 나오는 문장은 '농작물 따위의 다른 식물이 자라는 데 해가 되기도 한다.'인데요. 우리의 인식은 뒤의 문장에 더 많은 영향을 받았나 봅니다. 이 책에서 작가는 "사람의 관점에 따라 잡초가 될 수도 있고 안 될 수도 있다."거나, "때와 장소에 따라 같은 식물이 잡초가 되기도 하고 잡초가 아닌 것이 되기도 한다."고 말합니다.

지난 19년 동안 식물이 있는 곳이라면 어디든 조사하고 기록해서 연구했어요. 잡초의 사전적 정의에 따른 '가꾸지 않아도 저절로 나서 자라는 여러 가지 풀'을 대상으로요. 최근에는 아스팔트, 보도블록, 콘크리트, 나무 데크 등 인간의 편리함을 위해 만든 구조물에 생긴 틈에서 자라고 있는 식물에 관심을 가지고 사진을 찍고 있어요. 《전략가 잡초》는 그런 과정에서 만난 책으로, 보자마자 제 시선을 사로잡았어요. 이 책에는 제가 사진을 찍고 있는 식물들의 전략이 담겨 있을 것 같았어요.

부제는 제 마음을 더 이 책으로 끌어당겼습니다. "타고난 약함을 전략적 강함으로 승화시킨 잡초의 생존 투쟁기". 잡초는 한 줌의 흙 위에서 비바람이 세차게 불어도 흔들리기만 할 뿐, 가늘고 작은 뿌리로 얼마 있지도 않은 흙을 단단히 움켜쥐고 살아가요. 환경이 열악하다 보니 타고난 게 약하지요. 살아남는 것은 전략적으로 강함이고요. 미국의 철학자 랠프 왈도 에머슨이 말한 잡초의 정의도 부제 아래에 있어요. "잡초는 아직 그 가치를 발견하지 못한 식물이다." 인간에게 유용함이 밝혀지는 순간, 잡초는 약초가 됩니다.

책의 목차를 읽으면, 잡초의 어떤 전략을 얘기하려고 하는지 감이 옵니다. "잡초다움에 대하여, 연약하기에 오히려 강하다, 싹 틔울 적기를 기다리는 영리함, 환경에 따라 자신을 변화시킨다, 살아남기 위해 플랜B를 준비한다, 넘버원이면서 온리원인 잡초" '전략가 잡초'라는 책의 제목을 모르는 상태에서 목차만 읽는다면, 자기계발서로 오해할 수도 있겠어요. 목차 자체가 잡초의 전략을 나타내고 있어요. 여러 가지 잡초의 전략 중에서 특히 세 가지, 즉 씨앗 전략, 생물다양성 전략, 공존 전략이 와 닿았어요. 잡초의 전략이지만, 잡초만의 전략은 아닙니다. 우리 삶에도 꼭 필요한 전략이어서 배워야겠다는 생각이 들었어요.

한 줌의 흙만 있다면, 어디선가 씨앗이 날아와 싹을 틔우는 식물. '아니, 이런 곳에 어떻게 식물이 있을까?' 전혀 예상하지 못한 장소에 자리 잡은 식물의 작은 잎을 들춰보면, 아주 조금의 흙이 쌓여 있을 거예요. 이렇게 작은 기회도 놓치지 않는 식물의 전략. 하지만 그 기회를 잡기 위해 식물은 무수히 많은 씨앗을 날려 보냈을 거예요. 그중에 한 번의 기회를 잡은 것이지요. 이 책에서도 "식물종이 계속 살아남으려면 끊임없이 도전해야 하지만 무언가를 시도한다는 것은 실패할 염려가 있다는 뜻이다."고 말합니다. 아주 작은 기회가 오더라도 할까 말까를 고민하지 말아야 하는 이유예요. 일단 도전하고 다시 도전하면, 지금은 실패하더라도 언젠가는 목표를 이룰 수 있으니까요. 한 줌의 흙에 내려앉은 씨앗이 싹 틔우는 것처럼요.

씨앗의 또 다른 전략으로 휴면 전략이 있어요. 휴면의 한자 뜻은 '쉴 휴休'와 '잠잘 면眠'입니다. 환경이 열악한 곳에서 자라다 보니, 쉬고 잠자는 것이 중요한 전략이에요. 채소는 바로 싹을 틔우는 것이 좋은 전략이지요. 하지만 잡초는 추운 날씨에 싹을 틔우면 얼어 죽을 것이고, 가뭄에 싹을 틔우면 시들어 죽을 수 있어요. 싹을 틔울 곳에 다른 식물이 있다면 빛이 부족해 자라기 힘들 것이고요. 논이나 밭에서는 수시로 잡초를 제거하기 때문에 그 시기를 피하는 것도 중요하지요. 그래서 언제쯤 싹을 틔울지가 매우 중요한데, 그 시기를 기다리는 동안 쉬고 잠자는 것은 중요한 전략입니다. "겨울의 낮은 기온을 경험한 씨앗만이 봄의 따뜻함을 느끼고 싹을 틔운다."고 하는데요. 우리도 온갖 경쟁 속에서 지치고 힘들다면 잡초처럼 잠시 쉬어가는 것은 어떨까요. 늘 치열하게 살 수는 없으니까요. 푹 쉬고 푹 자면서 다시 일어설 기회를 엿보면 좋겠어요.

최근 과학계에서는 기후변화와 함께 '생물다양성'이라는 주제가 이슈예요. 작가는 생물다양성 중에서도 식물다양성이 중요한 이유를 여러 가지 사례를 통해 설명합니다. 아일랜드에서 감자를 한 품종만 재배했다가 병에 걸려 멸종한 사례가 가장 인상 깊었어요. 이 사례는 잡초의 다양성과 연결됩니다. 만약 잡초가 한 종만 있었다면, 병이 들거나 제초제를 뿌렸을 때 모두 사라졌을 거예요. 그래서 잡초는 살아남기 위해 환경에 따라 쉽게 변화합니다. 이것이 잡초의 두 번째 전략이에요.

잡초는 다양성을 위해 끊임없이 변화해요. 진화론으로 유명한 생물학자인 영국의 찰스 다윈은 "가장 강한 자가 살아남는 것도 아닐뿐더러 가장 현명한 자가 오래 사는 것도 아니다. 변화하는 자만이 유일하게 살아남는다."라고 말했다고 해요. 잡초 사회와 인간 사회의 닮은 점을 보여줍니다. 현재에 머무르지 말고 변화하는 환경에 맞춰 끊임없이 변화하여 살아남으라는 교훈을 줍니다.

살면서 서로 도와야 한다는 얘기를 정말 많이 들었는데요. 자연에서는 이 얘기가 실현되는 모습을 자주 볼 수 있어요. 특히 식물과 곤충의 관계에서요. "식물은 곤충에게 꿀을 제공하고, 곤충은 그 대가로 꽃가루를 날라준다." 모두가 알고 있는 이 진부한 사실에 대해 다시 생각해 봤어요. 식물이 곤충에게 꿀을 제공하지 않는다면 곤충이 올까요? 곤충이 꽃가루를 날라주지 않는다면 식물은 열매를 맺을 수 있을까요? 물론 스스로 꽃을 피우고 열매를 맺는 식물도 있지만, 그 수는 소수에 불과합니다. 다양성이 떨어지기 때문이지요. 작가는 "'독주하면 살아남을 수 없다. 서로 도와야 이득이다.' 이것이 치열한 경쟁사회 속에서 35억 년 동안 생물이 진화하면서 이끌어 낸 답이다."라고 말합니다. 식물과 다른 생물과의 관계에 답이 있습니다. 우리는 식물과 곤충의 관계처럼 서로 도와야 합니다. 나를 위한 것이지만 남을 위한 것도 될 수 있도록 이요.

잡초는 밟히면 일어서지 않는다고 합니다. 아스팔트, 보도블록, 콘크리트, 나무 데크에서 만났던 잡초들을 떠올려보니 정말 그래요. 사람들이 많이 다니는 곳에서 살다 보니 자주 밟히는데, 밟힐 때마다 다시 일어서기 위해 에너지가 필요하니까요. 땅바닥에 딱 붙어 기어가면서 자라는 잡초들이 많았어요. 이 부분에서 작가는 중요한 얘기를 하는데요. "잡초는 밟히면 일어서지 않는다. 하지만 잡초는 밟히고 또 밟혀도 반드시 꽃을 피우고 씨앗을 남긴다. 중요한 것을 놓치지 않는 삶, 이것이 바로 진정한 잡초의 혼이다." 밝히면서도 잡초는 본래의 목표인 씨앗을 남긴다는 것이에요.

제 삶의 본래 목표는 무엇인지 생각해 봤어요. 잡초처럼 제 삶을 포괄할 수 있는 단 하나의 목표가 있으면 좋겠어요. 밟히고 밟히는 삶을 살더라도 죽지 않고 버텨낼 수 있는 목표 말이에요. 몇 년 전, 제 삶의 미션을 '이타적인 삶'으로 정하고, 그것을 이루기 위해 이전에는 하지 않던 다양한 노력을 하고 있는데요. 이 책을 읽고 나니 이타적인 삶을 살아서 무엇을 어떻게 하겠다는 것인지는 막연하다는 것을 깨달았어요. 잡초가 씨앗을 남기는 것처럼, 저는 무엇을 남기면 좋을지 더 고민해 봐야겠습니다.

작가는 "내가 걸어온 길은 잡초투성이였다. 고민도 많고 실패도 많은 구불구불 휜 길이었다. 그러나 지금 생각해 보면 쓸모없는 일은 단 하나도 없었고 올곧은 외길이었다."라고 지나온 삶을 회상합니다. 어쩌면 우리의 삶이 잡초를 많이 닮았기에, 힘들고 고된 경험을 할 때면 잡초가 떠오르나 봐요. 수많은 도전과 실패 끝에 한 줌의 흙이라도 있는 곳이면 씨앗이 내려앉아 싹을 틔우는 것처럼, 기회를 기다리며 끊임없이 도전하고 실패하는 삶을 살아야겠습니다.

척박한 환경에서 어떻게든 살아남으려는 잡초의 전략에

서 우리 삶을 위한 교훈을 얻을 수 있어요. 작가는 "잡초도 곱게 성공하는 것이 아니다. 길가에서 거칠게 고군분투하는 모습을 봐주길 바란다."고 말합니다. "경쟁에 강한 것만 강인함이라고 할 수는 없다. 묵묵히 견뎌내는 것도 강인함이라고 할 수 있다."라고도 합니다. 잡초에게 배운 전략을 내 삶에 적용해 보세요. 더 나은 인생이 될 것입니다.

_이선미

안녕,
내 마음속의 작은 새

《나의 라임오렌지나무》 J.M.바스콘셀로스, 동녘, 2023년

나는 앙상하고 볼품없고 삭막한 겨울나무를 좋아했다. 찬란한 꽃을 피우는 봄과 보기만 해도 눈이 시원해지는 초록 잎과 결실을 본 열매가 주렁주렁 달린 빛이 예쁜 나무들은 보기 싫었고, 가식적으로 느껴졌다. 내 마음과 닮은 메마른 나무가 좋았다. 시큼한 냄새를 풍기며 내 뺨을 할퀴는 바람과 아무리 여며도 차가워지는 내 몸의 온도와 닮은 겨울나무가 좋았다. 그는 자신을 꾸미지도 않으며, 민낯을 드러내어 좋았다. 누구에게도 사랑받지 못할 것 같은 외모로 꼿꼿하게 서 있어서 좋았다. 눈부신 영광을 잃어버려 좋았다. 볼

품없음으로 나를 위로해 주었고, 맨얼굴로 나를 지탱해 주었다. 화사한 꽃잎이 바람에 흩날리거나, 초록 잎에 벌레가 먹어 잎이 찢어지거나, 열매가 떨어진 것만 봐도 눈물을 뚝뚝 흘렸던 어린아이는 어느새 겨울나무처럼 눈물이 없어졌다. 사람들의 말에 귀를 기울여, 사랑받을 궁리를 하던 아이는 귀를 닫았고, 사람들의 눈을 거울삼아 보기를 좋아했던 아이는 그들의 눈빛에 다쳤고, 자신의 이야기를 종알거리던 아이의 입은 더 이상 재잘거리지 않았다. 몸은 움츠러들었고, 당당한 걸음걸이는 조심스러워졌고, 다른 사람에 관한 관심이 사그라들며, 서서히 그림자가 되어 갔다.

나는 삶에서 차츰차츰 주인공에서 관조자로 그리고 구경꾼으로 변해갔다. 사람들의 말과 행동에 환멸을 느꼈고, 기대를 없앴다. 의심했고, 미워했고, 경계 밖에 세워두었다. 죽음을 생각했고, 죽는 방법을 고심했고, 죽기를 바랐다. 칼을 들고 종이를 찢어버리는 것에 쾌감을 느꼈고, 칼로 책상을 긁거나 의자를 긁으며 쌓인 스트레스를 풀었다. 그 칼로 손목을 긋지 않은 이유는 알량한 자존심이었다. 조심성 없이 자주 부딪혔고, 알 수 없는 멍들과 기억나지 않는 상처가 생겼다. 유독 그 시절 실수로 컵이나 그릇을 많이 깬 것은 나에게 상처를 내고 싶은 욕구였을지도 모르겠다. 사실 '와장창'

과 튀어 다니는 파편들은 해방감을 주었다. 마음을 닫고 주위를 닫아버렸다. 수능이 끝난 후, 고백한 남자에게 거절을 한 날, 그의 말은 적확했다.

"너는 남자를 싫어하는 것이 아니라, 사람을 싫어하는 거야." 몇십 년이 지난 지금도 생각이 나는 것을 보면 그 말은 나에게 꽤 충격적이었던 모양이다. 그 시절의 나는 사람을 싫어하는 게 맞았다. 그래서였을 것이다. 그 아이의 말에 반박하지 못한 것은. 쉽게 사람을 믿고 사랑하고 좋아했던 아이는 가슴에 못을 박았고, 벽을 세웠다. 못을 꺼내는 방법을 알지 못해 계속 아팠다. 그해 겨울, 앙상한 나뭇가지에 소복이 쌓인 흰 눈을 보며, 눈 쌓인 겨울나무를 좋아하게 되었다.

집 밖으로 나가기 싫었던 나는 책장에 손을 넣어 《나의 라임오렌지나무》를 꺼내 들었다. 책은 스스로 나에게 다가왔다. 가난하고 가족이 많은 집에 태어난 제제는 사실 영특했다. 배우지 않고도 글을 읽을 수 있었고, 그것을 수단으로 갖고 싶었던 선물을 얻을 만큼 수완이 좋았다. 신문을 보고, 눈치로 글을 배운 아이는 얼마 없지 않을까? 제제의 천재성이 부러웠다. 생계에 도움이 되기 위해 다섯 살짜리가 스스로 구두닦이를 자처했고, 원망하지 않았다. 잦은 장난으로 혼나기도 했다. 그 조그만 몸에 때릴 곳이 어디 있다고! 말도 안 되는 이유로 아버지에게 허리띠로 맞을 때는 같이 아팠고, 꾀를 써서 빠져나올 때는 슬며시 웃기도 했다. 원하는 것을 얻기 위해 영악했고, 동생을 보살필 때는 자상했으며, 장난을 칠 때는 짓궂었다. 내가 나를 둘러싼 일들에서 한 발짝 물러나 있는 데 반해, 그는 도망치지 않았고, 자신에게 속한 일들을 기꺼이 받아들였다. 나는 이끌리는 대로 살았고, 그는 이끌면서 살았다. 나는 주변인이었고, 그는 자신의 삶에서 완벽한 주인공이었다.

조그만 것이 눈에 밟혀서 몇 번의 눈물과 웃음을 지었다. 곁에 있던 사람들의 일에는 어떤 표정이나 감정도 생기지 않았던 것에 비해 제제에게는 쉽게 곁을 내주었다. 그리고 마침내 의지할 수 있는 어른인 뽀르뚜가를 만났을 때 나는 그 둘을 응원했다. 죽을 때까지는 함께 할 수 없겠지만 제제가 어른이 될 때까지만이라도 뽀르뚜가가 제제의 뒤를 든든하게 지켜주기를 원했다. 하지만 제제가 성장해서 어른이 되어야만 했던 이야기는 끝내 뽀르뚜가를 죽음으로 몰고 갔고, 통곡하고 있는 내 모습을 보게 되었다. 메말랐던 눈물샘이 다시 차올랐고, 비통함으로 마음이 가득 찼다. 흰 눈 같은 눈물이 남아 있었다.

그때부터였다. 눈물을 흘리고 싶을 때는 책장 속에서《나의라임오렌지나무》를 꺼내서 읽었다. 어느 날은 제제가 배우지 않았음에도 글자를 읽을 수 있다고 이야기하며 신문을 읽는 부분에서 통곡했고, 달이 뜨지 않은 어떤 날에는 구두를 닦으러 간 제제를 보며 눈물을 흘렸다. 바람이 세차게 부는 날에는 제제가 이사를 하여 자신의 나무를 작은 라임오렌지나무로 정하며 밍기뉴라는 이름을 지어주는 부분에서 가슴이 멨다.

눈물을 줄줄 흘리다가 가슴을 치며 바닥을 기는 나를 보며, 나도 이런 소설을 쓰고 싶다고 생각했다. 더 이상 탈 것 없는 가슴에 작은 불씨 하나 키워내어 감정을 쏟아내게 만들 수 있는 글을 쓰고 싶다. 내 글을 읽고 한 사람이라도 그럴 수 있다면 좋겠다. 어떤 것을 쓰겠다는 기준 없이 막연히 쓰고 싶다는 생각만 있었던 지난날들보다 마음이 조금은 달라졌다. 감정을 쏟은 날에는 아무 감동이 없던 꽃이 조금은 예뻐 보이기도 했다. 마모되었던 정신과 감정이 조금씩 되살아나고 있었다.

사람에게 상처받고 한 걸음 멀어지고, 상처받고 두 걸음 멀어졌다. 한 번 찔린 상처는 밀물처럼 밀려와 가슴을 헤집고 다녔다. 하나의 못이 열 개의 못이 되고 열 개의 못이 백 개가 될 때 살기 위해 봉사활동을 시작했다. 제제처럼 귀여운 아이를 보면 나 역시 치유될 수 있다고 믿었다. 한 달 내내 보육원에 갔을 때 녹음이라는 뜻을 가진 이름의 아이를 만났다. 아마 4학년쯤 되었을 것이다. 그녀는 나를 많이 따랐고, 앙상한 나뭇가지 같은 내 팔에 자신의 무게를 실어 내 곁에 딱 붙어있었다. 무조건 아이들이 해달라는 대로 해주지 말고, 딱하다고 여기며 무조건 잘해주지 말고 엄할 때는 엄하게 대해야 한다고 주의를 받았었다. 하지만 나는 그들이 딱했고, 엄하게 대할 수도 없었으며 그저 원하는 대로 받아주었다. 녹음의 아이는 점점 버릇이 없어졌다. 나는 지쳐갔다. 그녀는 제제가 아니었고, 나는 뽀르뚜가가 아니었다.

나는 그저 내 주변도 돌아볼 여유가 없었고, '나'를 사랑하지 않는 어설픈 사람이었다. 나의 봉사활동은 불순한 동기로 시작한 탓에 독이 되었다. 선행도 어설프게 하면 서로에게 해가 된다는 사실을 배웠다. 그리고 내가 아이를 좋아하지 않는다는 것도 알게 되었다. 책 속의 아이에게는 공감해 줄 수 있지만 현실의 아이에게는 공감해 줄 수 없는 사람이었다.

최근 《나의라임오렌지나무》를 다시 읽었을 때, 여전히 제제의 귀여움에 녹아내렸으나, 더 관심이 가는 것은 뽀르뚜가였다. 조카가 제제의 나이 또래라 되어 그런지도 모르겠다. 내 차의 바퀴에 올라탄 아이의 엉덩이를 한 대 때린 후에 계속 마음이 쓰여 지켜볼 수 있을까? 그 아이의 다친 발을 치료하기 위해 약국에 데려가고 케이크를 사 줄 수 있을까? 다섯 살 아이와 비밀 친구가 되고, 그의 말에 귀를 기울여주고, 기분을 풀어주기 위해 드라이브와 여행을 해줄 수 있을까? 아무 사이도 아닌 아이에게 사랑을 줄 수 있을까? 결국 당신이 내 부모였으면 좋겠다는 그런 말을 나는 들을 수 있었을까?

언제까지나 '아이'이고 싶었던 나는 이제 어른이 되는 것에 관심이 생겼다. 이왕이면 뽀르뚜가처럼 의지할 수 있는 괜찮은 어른이고 싶다. 이제 내 마음속의 작은 새를 날려 보내고, 한 걸음씩 나아가고 싶다. 안녕, 내 마음속의 작은 새야!

훨훨 날아가려무나. 훨훨~~~

_최수아나

연극은 계속된다

《정욕》아사이 료, ㈜디엔씨미디어, 2024

　나는 나무가 되고 싶었다. 탄탄한 뿌리를 내려 누구나 기대고 쉬어갈 수 있는, 넓은 그늘을 가진 아름드리나무가 되고 싶었다. 반짝반짝 빛나고 싱그러운, 보기만 해도 기분이 좋아지는 초록 잎사귀와 세상의 더러운 것들을 모두 덮어주는 은은하고 향기로운 내음과 많은 사람의 식욕을 충족시켜주는 맛있는 열매를 맺는 나무가 되고 싶었다. 하지만 나는 바닷속에 작은 바위로 태어났다. 작지도 크지도 않은 어설픈 크기의 바위는 바람이 불 때마다 부딪히는 파도를 맞으면서 계속 작아졌다. 파도는 처음에는 움직이는 다리를 앗아갔고, 재잘거리던 입을 막았고, 저항하는 팔을 묶었고, 선악을 구별하는 코를 막았다. 계속 부서지고 부서져 돌멩이가 된 바위에는 세상을 볼 수 있는 눈만 남았다. 다른 이의 눈을 보는 것이 유일한 낙이었다.

맑았던 눈빛은 점점 안개처럼 뿌옇고 탁하게 변해갔다. 어린 시절에는 사랑하는 눈빛들만 가득해서 내 안도 사랑으로 가득 찼다. 클수록 다른 이의 눈빛은 상처를 입혔다. 고등학교 시절, 옷매무새를 만져주는 척하며 가슴을 쳐다보던 남자 선생님의 음흉한 눈빛, 성인이 되자, 알고 지냈던 아저씨들의 달라진 눈빛, 사회인이 되자, 맹수가 된 남자들의 눈빛, 사냥감이 된 나는 그 눈빛들에 할퀴어졌다. 그럼에도 나는 살아남기 위해 그 눈빛들을 좇았다. 때로는 죽음을 원하고, 때로 사랑을 구하고, 눈빛에 쏘이면서도 눈을 마주치지 못함에 아쉬워했다.

'정욕', '바른 욕망'이라는 제목만으로 이 책은 나를 설레게 했다. 사실 '정욕'이라 보면서 '성욕'이라 읽었다. 내가 모르는 여러 종류의 섹스가 나올 것이고, 소수자의 이야기가 주를 이룰 것이라 여겼다. 내가 생각한 소수자는 동성애 정도였다. 소설의 첫 부분에 소아성애자 이야기가 나왔을 때 역시 내 예상을 비껴가지 않는다고 자만했다. 그 비웃음이 놀라움으로 바뀌는 시간은 오래 걸리지 않았다. 나의 상상력은 얼마나 빈약했던가!!!

사람의 기본적인 욕망으로 '수면욕',' 식욕', '성욕' 세 개를 흔히들 말한다. 소설 속 인물들의 직업 선택의 이유도 재미있다. 수면욕은 배신하지 않기에 침구회사에 다니고, 식욕은 배신하지 않기에 식품회사에 다닌다. 그렇게 선택하지 않은 이는 수면욕과 식욕 또한 배신한다고 말한다. 그리고 '성욕' 이것은 참 오묘하다. '잠을 잔다. 또는 자지 않는다.'라는 수면욕과 '먹는다. 와 먹지 않는다.'라는 식욕의 단순함에서 벗어나 성욕은 참으로 다채롭다. 정상이라고 말하는 남녀의 끌림부터 성욕이 없음과 동성 간의 끌림, 동물에게 끌림, 검은 스타킹 등에 끌림 등 사람들에게 말할 수 있는 욕망과 말하지 못하는 욕망으로 나뉜다.

등장인물들은 "물에 성욕을 느낀다."라는 단 하나의 진실을 숨기기 위해 연극을 했다. 다른 사람과 같은 감정을 느끼는 양 굴었지만, 남자들이 함께 있는 곳에서 여자 이야기를 하지 않고, 야한 얘기를 알아듣지 못하고, 다수가 보는 동영상 촬영 장소를 모른다는 것을 사람들이 알았을 때, 그는 배척당했다. 여자들이 함께 있는 곳에서 남자 이야기를 하지 않고, 야한 얘기를 알아듣지 못하고, 결혼과 아이에 관해 이야기하지 않을 때 그녀는 배척당했다. 다른 사람들의 생각에 동의하고 싶지 않음에도, 자신의 머릿속에 일어나는 일들이 다름에도 그는 감히 어울리려 했기에 버림받았다. 그들은 사람들이 말하는 '보통'과 '정상'을 연기했고 다른 이들이 그들을 이해할 수 없다고 믿었기에 타협했다. '보통', '정상', '평균' 같은 단어들은 사람들을 갈라놓기 위한 단어가 아닐까?

나는 유치원에 다닐 때부터 연극을 했다. 내가 다른 사람이 쓴 대본을 연기하는 사람이라 여기며 내 삶에서 거리를 두었다. 착하고 말 잘 듣는 어린이, 모범생을 연기했고, 일찍 철이 든 어른스러움을 연기했고, 친구와의 대화를 위해 인기 있는 남학생을 좋아하는 척했고, 도도함을 연기했고, 때로는 비련의 여인을 연기했다. 대부분 배역은 성공적이었으나, 재미있고 유머 있는 역할은 성공하지 못했다. 나는 사람은 웃기고 싶은 욕망이 큰데 말이다. 요즘 제일 푹 빠져있는 역할은 사랑을 듬뿍 받은 부잣집의 철없는 막내딸이다. 숨겨야 할 것이 없는데도 연기를 하는 것은 어려운데 숨길 것이 있는《정욕》의 인물들은 얼마나 힘들까!

바위였던 나는 받아들일 수 없었지만, 돌멩이가 된 나는 '다양성'을 기꺼이 받아들일 수 있다고 생각했다. 바위였던 나는 꼽추인 짝이 싫었고, 미웠고, 더러웠고, 가까이하고 싶지 않았다. 하지만 착한 아이여야만 했던 나는 그녀에게 친

절했다. 편견 없이 대하는 척했다. 나는 그녀에게 얼마나 큰 상처를 주었을까?! 언어장애인인 아주머니가 한 밥은 억지로 먹었지만, 결국 다 토해내고 말았다. 단지 말을 못 할 뿐인데 그녀가 한 밥은 더럽다고 여겼다. 어렸기 때문이라고 철이 없었기 때문이라고 변명했다. 돌멩이가 된 나는 줌바 수업의 남자 강사의 춤사위가 너무 곱고 참해서 싫었다. 그 후로 수업을 가지 않았다. 뭔가 나와 조금 다른 사람은 나도 모르게 거리를 둔다. 나는 편협하다.

> "다양성이란 적당히 사용할 수 있는 아름다운 단어가 아니다. 자기 상상력의 한계를 시험하는 단어일 것이다. 때로 구역질을 일으키고 때로 눈을 감고 싶을 정도로 자신을 도저히 받아들일 수 없는 게 바로 곁에서 호흡하고 있다는 걸 깨닫게 하는 단어여야 한다."

나는 "모든 일은 일어날 수 있고, 그럴 수 있다."라고 여기는 사람이다. 그런데도 이 책에서 말하는 '다양성'이란 단어는 나를 참 초라하게 만든다. 그리고 함께 사는 삶에 관해 의문을 품게 한다. 사람은 다양성을 어디까지 인정할 수 있을까? 내가 인정할 수 있는 다양성은 어디까지일까? 모든 사람이 존재만으로 사랑받는 사회는 있을까?

"이 책을 읽기 전으로 되돌아갈 수 없다."라는 띠지의 문장이 가슴에 박혔다. 어쩌면 '평범한'이라거나 '보통' 또는 '정상'이라는 단어는 사라져야 하는 것인지도 모른다. 모든 생명체는 각각 다 다른데 애초에 평균값이라는 것이 존재할까? 나는 모든 것을 의심한다. 그리고 모든 것을 믿는다.

'글쓰기는 배신하지 않는다.'라고 믿는다.

외눈박이 세상에서 외눈박이 아닌 채로 살고 싶다.

'살고 싶다.'라는 욕망은 배신하지 않는다고 믿는다.

배신하지 않는 '정욕'은 존재하는가?

_최수아나

시간은 흐른다

《인류 최초의 문명과 이스라엘》주원준, 서울대학교출판문화원, 2023

나는 강을 사랑했다. 남에서 북으로 흐르는 나일강을 보고 있으면 충만해졌다. 강물은 우리에게 축복이었다. 비옥한 통토인 케메트(검은 땅)을 주었다. 나의 백성들은 나일강의 선물로 풍족하게 살 수 있었다. 강을 사랑했으나, 사막 또한 사랑했다. 걸을 때마다 고운 입자가 부서지는 모래를 사랑했다. 척박하고 쓸모없는 붉은 흙인 데쉬레트조차 겸손을 알게 해준다는 핑계로 사랑했다. 나는 이집트를 사랑했다. 그래서 나는 신(파라오)이 되고 싶었다. 고맙게도 시대를 잘 타고난 덕분에 온전한 파라오가 될 수 있었다. 공주로 태어난 나는 의붓동생인 투트모트 2세와 결혼했다. 그는 감히 후궁에게서 낳은 아들인 투트모트 3세를 후계자로 삼아 나를 열받게 했다. 우습게도 염치없는 남편은 젊은 나이에 일찍 죽었고, 의붓아들은 어렸다. 섭정 대비가 되어 7년쯤 지나자, 모든 것이 내 손아귀에 들어왔다. 그리고 나는 아들 대신 파라오가 되었다. 역사책에는 '찬탈'이라고 적혀 있으나, 연륜을 가진 이가 나라를 다스리는 것이 지극히 당연한 일이 아닌가? 남자라는 이유만으로 능력 없이 '파라오'가 되는 것은 너무 불공평하지 않냔 말이다!

파라오가 되고 나서도 내가 여자라는 것은 항상 불리하게 작용했다. 고왕국의 메르네이트와 중왕국의 소베크네페루는 여자 파라오라는 한계를 극복하지 못했다. 그녀들을 비롯한 선대 여자 파라오들이 좀 더 잘했더라면 아들이 없을 때 후계자로, 사위를 올리는 것이 아니라 딸을 임명했을지도 모른다. 아니다. 내가 아무리 잘했더라도 지워지는 역사를 보니 남자들은 자신의 권력을 여자에게 주는 것 자체를 싫어하는 것인지도 모르겠다. 조상님들을 본보기 삼아 여자 파라오의 약점을 극복하기 위해 신화를 만들어냈다. 테베의 아문 신이 내 아버지인 투트모트 1세의 모습으로 잠든 어머니께 다가와 동침했다는 이야기를 퍼뜨렸다.

나는 신이 되었음에도 신의 딸인 것으로 탄생 신화를 만들었다. 나의 후손들이 이 이야기만 기억하고 내가 이룬 업적들을 알지 못하게 만들다니!!! 다음 생에는 꼭 남자로 태어나서 내가 한 모든 일들을 인정받을 것이다. 적어도 핫셉수트라는 내 이름은 없애지 않아서 고마웠다.

나를 도운 재상 세넨무트는 '검은 사람'이었다. 그는 속이 알차고 지혜로웠다. 여자를 무시하지 않고 존중하는 멋진 사람이었다. 우리는 나라를 안정적이고 더욱 부강하게 만들었다. 내정을 잘 다스리고, 원정에도 성공한 나는 존경받는 파라오가 되어야 마땅했다. 하지만 의붓아들인 투트모트 3세는 나의 화려하고도 성공적인 치세를 지워버렸다. 그놈은 자신이 잘나서 정복왕이 된 줄 알지만 내가 길을 닦아주지 않았다면 결코 갖지 못했을 별명이다.

그가 나의 치세를 지우는 일에 열중하는 것을 알았을 때, 나일강을 범람시켜 거대한 홍수를 일으키고 싶었다. 모든 것을 한 번에 무너뜨려서 완전히 새롭게 시작하고 싶은 욕망도 있었다. 그러나 나는 내 조국과 백성을 너무도 사랑했기에 그럴 수 없었다. 대신 그를 강처럼 품어주어 활개를 치도록 도와주었다. 고마운 줄도 모르는 녀석 같으니라고!

그 후로 몇천 년이 흘렀다.

나는 바다를 사랑한다. 가만히 보고 있으면 마음이 편안해진다. 잔잔한 바다보다는 파도가 바위에 부딪혀 물이 사방으로 튀는 거친 바다를 바라보는 것을 좋아한다. 태양이 비추는 한낮의 빛나는 바다보다 달빛조차 없는 컴컴한 밤에 철썩거리는 소리만 들리는 바다를 좋아한다. 그 어둠을 사랑한다. '검은 사람'을 그리워하는 것이었을까? 가보지 못한 사막을 동경한다.

모래사막을 맨발로 걸어보고 싶다는 충동을 종종 느낀다. 영화 속의 '클레오파트라'를 보면 대견하고 애달프다. 성경을 읽으며 '이집트'에 친밀감을 느낀다. 바다를 보며 저 끝은 어디일지 생각한다. 끝이 보이지 않는 바다를 사랑한다.

나는 남자로 태어나지 못했다. 어머니의 복중에 있을 때 배의 모양을 보고 사람들은 남자가 틀림없다고 이야기했다. 할머니는 매일 기도드리는 절에 가서 유명한 스님에게 이름을 받아왔다. 남자가 귀한 집안에서 남자로 태어났으면 그야말로 왕처럼 떠받들어졌을지도 모를 일이다. 하지만 나는 모두의 바람과 달리 여자로 태어났다. 이름은 주었으나, 태생부터 그녀에게는 미운털이 단단히 박혔다. 하지만 다른 이들에게 과하도록 많은 사랑을 받았으니 사랑의 부족함은 없었다.

다섯 살쯤이었을까? 나의 첫 꿈은 하느님 부인이 되는 것이었다. 하느님 아버지라고 기도하고, 그가 전지전능하다고 하니 그의 부인이 되면 마음대로 권력을 휘두를 수 있을 것 같았다. 정말 터무니없는 큰 꿈이었지만 그때는 정말로 될 수 있다고 믿었다. 어쩌면 전생보다 꿈이 작아진 건지도 모르겠다. 전생에는 내가 신이 되겠다는 꿈을 꾸었으나 현생에선 고작 신의 배우자가 되겠다는 꿈을 가졌으니 말이다. 그 후 아버지의 뜻에 따라 의사가 되겠다고 이야기했다. 피를 보는 것을 무서워했음에도 말이다. 어쩌면 전생에 많은 피를 보아 피가 무서워졌는지도 모르겠다.

'의사'라는 사람들에게 말하는 것 말고, 사실 나는 되고 싶은 것이 있었다. '통일 제국'을 만들어 다스리고 싶었다. 죽고 죽이는 전쟁이 아닌 말로 하는 전쟁으로 영토를 확장하여 제국을 갖고 싶었다. 하느님의 부인 이후 두 번째 꿈이었다. 더 이상 파라오가 될 수 없으니, 황제가 되기를 원했다. 하지만 꿈과 달리 말을 하는 능력은 영 서툴렀다. 이길 수 없는 전쟁은 하는 것이 아니다. 게다가 전생처럼 신분제도가 있는 것도 아니었기에 그 꿈은 아무도 모르게 살포시 접었다.

이번 생은 굳이 신화를 만들어내지 않아도 내 이름을 남길 수 있다! 남자가 내 이름을, 내 흔적을 지울 위험이 사라졌다. 이름을 남길 수 있는 방법은 기록을 남기는 것이었다. 전생에서 기록이 없는 조상님들의 흔적을 찾는 것이 얼마나 힘들었던가! 현실에 제국을 만드는 대신 지면에 세계를 짓기로 했다. 내가 만든 세계가 내가 죽은 후 몇천 년 동안 이어지기를 바란다. 내가 바다를 바라보듯이, 누군가가 나를 기억해 주기를.

강에서 흘러온 시간을 바다에 묻어둔다.
물은 계속 흐른다.

_최수아나

작가소개 ◇◇◇◇◇◇◇◇◇◇◇◇◇◇◇◇◇◇◇◇◇◇◇◇◇◇◇◇◇◇

강진옥

28년 차 직장인. 책 속에서 더 넓고 다양한 세상을 만나고 자 8년째 북클럽에 매달리던 중, 사고 하기와 읽기의 완성은 쓰기임을 깨닫고 조금씩 글쓰기에 열중해 가는 왕초보 작가. 우아한 늙은이가 되는 것을 목표로 책을 옆구리에 끼고 살기 로 한다.

김춘자

어릴 적부터 시가 좋아, 아이 셋을 키우며 마음에 그리던 시 밭에 시를 심고 있다. 예순 이후 대학원에서 미학을 전공하고, '다림질' 시로 등단하였다. 해마다 '마음이 다닌 길' 시화집 시 리즈로 작품활동을 이어가는 중이다. '한국미술협회 초대 작 가'로 시화집에 그림을 그려간다.

박소민

인도의 새로운 문화 속에서 진정한 자아를 발견하는 여정을 이어가고 있다. 삶의 크고 작은 이야기들이 울림을 전하고, 서로의 삶 속에서 따뜻한 위로와 성장을 발견하기를 바란다. 인도에서 삶의 지혜를 찾고 있는 자기주도학습 전문가이자 부모 교육 강사이다.

박정원

매일 설렘 가득한 하루를 살고 싶다. 매년 다른 취미를 갖는 것이 삶의 원동력이다. 내가 세상에 태어난 이유가 있다고 믿으며, 그 이유를 찾기 위해 매일 책을 읽고, 매년 글을 쓴다. 내가 행복하고 그로 인해 내 주변 사람들이 행복해지는 것이 꿈이다. 언젠가 내 글이 사람들에게 행복이 되기를 꿈꾸는 새내기 작가다.

변은혜

읽기와 쓰기의 기쁨을 나누고 있다. 모든 사람 안에 이야기가 있음을 주목하며, 그것을 글로 풀어내는 과정을 도와주고 있다. 글쓰기를 통해 자신의 삶을 긍정하며 자기만의 유일한 가치를 나누는 보통 사람의 책쓰기를 전파한다. 저서로는 《마흔, 에세이를 써야할 시간》 외 여러 권이 있다.

안지윤

생각과 감정을 밝히는 선생님, 나밝음입니다. 아이들에게 질문을 던지며, 그들의 마음속에 잠재된 거인의 생각과 감정을 일깨워줍니다. 또한, 그림책 하브루타를 통해 자신만의 목소리를 찾도록 코칭해줍니다. 하브루타를 지속적으로 진행하면서 다양한 거인들을 만나는 것이 저의 꿈입니다.

여희자

늦은 나이에 결혼하여 육아와 일상에 바쁜 삶을 살던 중, 자신을 잃어버린 듯한 공허함을 느꼈다. 새벽 독서를 시작한 지 3년. 매일 20분 짧지만 꾸준한 독서와 기록을 통해 읽기와 쓰기의 즐거움을 발견하고, 늦깎이 독서인으로 삶을 이어가며 변화하는 내 모습을 탐구하고 있다. 읽고 쓰는 일상이 주는 깊은 깨달음과 성장으로 내가 어떤 모습으로 변해갈지 궁금하다.

이가희

별것 아닌 오늘을 어느 특별한 하루로 만들고 싶은 평범한 직업인. 더 이상 얼렁뚱땅 넘어가고 싶지 않아 기록 중이다. 스스로 매일 마감일을 정하고, 조촐한 포트폴리오를 끊임없이 완수한다. 현재 조직 생활 15년 차 직장인, 파트타임 약대생, 초보 사업가로 먹고사는 방법을 다각도로 찾는 중이다.

이선미

책 읽고 글 쓰는 초록노동자. 현재 식물연구원으로 일하고 있다. 4살 때부터 책을 읽힌 엄마의 열성으로 습관이 되어, 40여 년 동안 꾸준히 책을 읽었다. 아침에 눈 뜨면 제일 먼저 손에 잡는 것도 책이고, 자기 전까지 손에 잡고 있는 것도 책이다. 20년 동안 주로 연구 계획서, 보고서, 논문 등 과학 글쓰기를 해왔지만, 2023년부터 글쓰기를 시작하여 인문 글쓰기는 초보이다.

최수아나

세상의 모든 책을 읽고 싶은 욕심쟁이. 세상의 모든 사람이 내 책을 읽기를 바라는 욕망쟁이.우주의 모든 이와 함께 하기를 꿈꾼다. 저서로는 공저《나는 매일 글을 쓰며 단단해져 갑니다》와 전자책《꽃은 시들지 않는다》가 있다.